唇で背骨のおうとつを辿られ、左手で胸のいただきを、右手で脚衣の上から膨らみを包まれ、ミランの腰が左右にうねる。

森《しん》羅《ら》 ～救《すく》いの狼《ろう》王《おう》と祈《いの》りの騎《き》士《し》～

戸《と》田《だ》環《たま》紀《き》
ILLUSTRATION：円《まる》之《の》屋《や》穂《ほ》積《づみ》

森羅～救いの狼王と祈りの騎士～

LYNX ROMANCE

CONTENTS

森羅 ～救いの狼王と祈りの騎士～

顎と鎖骨の間に弦楽器を挟み、右手に持った弓を弦に置く。

四本ある弦のうち、中の二本を同時に鳴らして音の響きを確かめた。

胴体の中ほどがくびれた楽器、ヴィオリーナは往々にして女性の体にたとえられ、出される音も繊細かつ優美だが、ひとたび弾き方を間違えれば神経質な声を上げる。

「ミラン様、失礼いたします」

穏やかな音色を乞《こ》うべく、ヴィオリーナの糸巻きを調節していると、従騎士のヤンが扉を叩《たた》いた。

「入れ」

木箱に楽器を収めているうちにヤンが入って来る。

「マックス殿下がヴィオリーナをご所望でございます」

ヤンは手短に要件を告げ、ミランと目が合いそうになるとさっと視線を床に落とした。

跪《ひざまず》いて見上げるならともかく、ミランたち人狼の間において、目上の相手の目を直視する行為は敵意を表す。目線で意思の疎通を図ることもあるが、それは身分が対等な場合か、或《ある》いは戦などの火急時だけだ。

「分かった。私は大丈夫だから、お前ももう休め」

答えて木箱の取っ手を持つ。そろそろだろうと思っていたので準備はできていた。以前から三日に一度は呼ばれていたが、ここのところは毎晩だ。

「ありがとうございます。それではおやすみなさいませ」

出て行くヤンについて行きかけた足を止め、今一度手櫛《てぐし》で髪を整えた。

マックスに似合うと褒められてから同じ髪型でいるが、長い金の前髪はするすると指から抜け、耳にかけてもすぐに落ちてくる。ヴィオリーナを弾いているときに邪魔にならなければいいといつも思う。王宮近衛《このえ》騎士として、いついかなるときにも第二王子であるマックスにだらしない姿を見せるわけにはいかない。

マックスの父、アルフレート王が治める人狼の国、リヒタルフ。

リヒタルフは一五〇〇年続く絶対王政の国なので、王宮にいるすべての騎士は国王の臣下だが、普段は刀礼《とうれい》の儀を交わした主《しゅ》ごとに、国王、第一王子、第二王子、第三王子の各騎士団に分かれて任務についている。

平時における一般の騎士の務めは主に城の警備。昼間は彼らの仕事ぶりを監督し、他の騎士団長と連絡を取り合い、夕刻から日が暮れるまで主の護衛をするのが騎士団長の役目だ。

そして、マックス騎士団の副団長であるミランの役目は、日中マックスの護衛をすること、それから時折こうしてヴィオリーナを捧げること。

宮殿の広い廊下には夜の光が射し込んでいた。夜といえども、天窓に嵌《は》められた色硝子《ガラス》越しの光は明るく、あとひとつきもすればいよいよ一日の三分の二を太陽が照りつける夏となる。

王子の寝所は同じ階の突き当りにあるのですぐに着いた。並みいる騎士の寝床は王城内の別棟にあるが、近衛騎士だけはすぐ駆けつけられるよう主の近くに私室が設けられている。

扉の前で立哨《りっしょう》している騎士団長に目礼してから、ミランは中に声をかけた。

「我が殿下、失礼いたします。ミラン・エリシュカ、ただいま到着いたしました」

不動のまま数度呼吸した。いつものようにすぐさま「入れ」と言われるかと思いきや返事がない。団長と即座に視線を交わす。返事ができない状態であるなら由々しき事態だ。

「マックス……」

殿下、と言い終わる前に扉が開き、驚いた。

長身のミランが拳《こぶし》一つ分見上げる体軀《たいく》、漆黒の髪と、夜になると月の青みを帯びる思慮深さを湛《たた》えた金の双眸《そうぼう》。貫頭衣に腰帯だけの夜着でありながら、雄々しい顔立ちや気品溢《あふ》れる佇《たたず》まいが、彼こそ狼《おおかみ》の群れを率いる王者なのだと語っている。

「ミラン、待っていたぞ」

いったいマックスに何が起こったのか。騎士が入るのを待たず、王子が自ら扉を開けるなんて前代未聞だ。

「勿体《もったい》ないお言葉、恐縮でございます」

動揺を隠して頭を下げ、マックスについて中に入り、ヴィオリーナと同じ煮詰めた飴《あめ》色の円卓の上に木箱を置いた。

「今夜はどのような曲にいたしましょうか」

ミランたち騎士をはじめ、昼間は侍従が常に傍らにいるが、ヴィオリーナを聴くときだけはマックスは必ず人払いをする。

一人、椅子の背もたれに身を預けたマックスに問うと、彼は腹の前で手を組みゆっくりと目を閉じた。

「そうだな。静かな曲にしてくれ。心が休まるものがいい」

「かしこまりました」

マックスの答えにおかしなところはない。彼は日頃から賑《にぎ》やかな曲より静かな曲を好んだ。盗み見た顔から些《いささ》か疲れを感じるが、それも常態の範囲だ。

聞き慣れた曲の方が安心するだろう。マックスが特に好んでいる穏やかな短調に決め、ミランは楽器を調え旋律を紡ぎ始めた。

しかし、音楽を聴くとおしなべて安らいだ表情を見せるのに、今日に限ってマックスは眉間に皺《しわ》を寄せた。

「耳に障りますか？」

第一楽章が終わったところで弓を止めると、目を開けたマックスが瞳を覗《のぞ》いてくる。

「いや。なぜだ？」

睫毛《まつげ》を伏せて答えた。

「恐れながら、険しいお顔をされていましたので、音が耳に障ったのかと」

狼の血が濃いマックスたち王族は、平民と比べて聴覚や嗅覚がひときわ敏感だと聞く。

森に住む動物の狼、つまり四つ足の狼はヴィオリーナのような高い摩擦音を嫌うと言われているので、マックスの耳も何かしらの異音を拾ったのではないか。

マックスは首を振った。

「いや。少し考えていただけだ。続けてくれ。お前の音色は心地いい」

「……ありがとうございます」

安堵《あんど》したが、ふたたび目を閉じた彼に見とれそうになり、慌てて弦に弓を置いた。

光に照らされ鼻筋に影ができると、彼の額から鼻梁《びりょう》はちょうど綺麗《きれい》な聖杯の形に浮き上がる。精悍《せいかん》なばかりでなく、これほど神々しさに溢れた容貌を他に知らない。

マックスの様子を窺《うかが》いつつ、しばらく演奏に集中した。褒められたせいか、いつもより音の繋《つな》ぎ目が滑らかで、春宵《しゅんしょう》らしいまろやかな和音が出せていた。左耳の下から聞こえる響きが喉を通り、見えない体の奥深くを震わせる。

マックスの心が少しでも安らぐように。

胸中の願いを音に乗せ、最後の数小節に差し掛かったときだった。

「っ……」

演奏中に弦が切れることは稀《まれ》にある。ミランの呼吸の乱れに気づいてか、マックスが目を開けた。

必要な箇所は隣の弦を使い、曲自体はなんとか三弦で弾き切ったが、ヴィオリーナから弦をふらふらと垂らしているのは不格好だ。平静を装っていても内心業腹だった。事前の確認では異常なかったのに、よりによって王子の前でこんな失態を曝《さら》すとは。

楽器を下ろし、詫《わ》びの気持ちを込めて頭を下げると、マックスが立ち上がって近づいて来た。

「ミラン、大丈夫か」

何がと問うより先に、顎を持たれて上を向かされた。

金色の太陽と蒼月《そうげつ》の両方を含有した美しい虹彩《こうさい》。こんなに間近で彼の瞳を見るのは久しぶりで、胸

が跳ね上がった。

「赤くなっている。弦が当たったのか？」

左頬《ほお》を撫《な》でさすられ、焦りながら視線を下げる。弦が切れた拍子に顔に跳ね返ったが、幸い掠《かす》った程度だ。

「大丈夫です。みっともない姿をお見せして申し訳ございませんでした」

本当に大丈夫だろうか。赤いのは顔全体ではないのか。

「なんともなければいいが」

マックスは頬を撫で続けている。胸がはち切れそうなのにやめてくれと言えない。

「恐れながら、三弦の曲でよろしければ次を演奏いたします」

平常心を掻《か》き集めて伝えると、ようやくマックスは手を離して「いや」と言った。

ほっとしながら一歩下がる。演奏が終わったなら長居は無用な上、動揺を悟られるわけにはいかなかった。

「それでは、今宵《こよい》はこれにて」

さりげなくマックスから離れ、木箱にヴィオリーナを収める。

留め金をし、箱を持ち上げようとしたところで、声をかけられた。

「そういえばミラン、背中の傷痕はどうだ。近頃痛むだとか……何かしら体に異変はないか」

背中の傷痕というのは、五年前に戦で負った矢傷のことだ。

戦の相手はリヒタルフの南に位置するグンドルフで、遥《はる》か昔、リヒタルフから派生し分かれた人狼の国だ。

　ミランが負傷してからグンドルフとの三年戦争はすぐ終結したが、その戦で左の肩甲冑《かっちゅう》の上を射られ、鎧《よろい》を身につけていなかったらミランは二十歳《はたち》で死んでいただろう。

　マックスの盾となったためか、昏睡《こんすい》状態から目覚めたとき、マックスはミランの手を握りながらひどく切ない嗚咽《おえつ》を漏らしていた。

　彼が泣いているのを見たのはあとにも先にもあのとき一度きりだ。その涙を見られただけで、彼を護《まも》れた自分を誇りに思えた。

　それでも、日常に平穏が戻ってからは傷について訊《き》かれることもなく、以来手を握るどころか肌に触れることすらなかったのに。

　出迎えといい、本当に今夜のマックスはどうしたのだろうか。

　不思議な質問に虚を衝《つ》かれたが、マックスに向き直って即答した。

「いいえ。傷痕が痛むことはありません。心身の問題もありませんが、何か」

「そうか。それならいい。もう下がっていいぞ。引き留めてすまなかった」

　様子がおかしいと思えども、下がれと言われればそれまでだ。

　触れられた頰の疼《うず》きをこらえながら、ミランは木箱を取り上げた。

「とんでもないことでございます。それでは失礼いたします」

　寝所を出るまで冷静な所作を心がけたが、ひとけが消えるなり足を速めて部屋に戻った。

　鍵を閉め、寝台に腰掛け胸を押さえる。

マックスには何もないと答えたものの、実のところ体の異変なら以前から感じていた。ただそれは今に始まったことではなく、随分と昔、マックスと出会ったときから起こっている変化だ。

彼の姿を目にするだけで気が昂《たかぶ》る。彼のことを考えると、心臓がぎゅっと絞られ体が芯から熱を持つ。

なぜマックスは頬に触れたりしたのだろう。

みっともない顔をしていなかっただろうか。気持ちを悟られはしなかっただろうか。

「マックス……殿下」

名前を呼ぶと、抑えていた気持ちが堰《せき》を切ったように溢れた。頬ばかりでなく、全身がマックスに触れられたように熱くなる。

こんな邪《よこしま》な思いが許されるわけがない。彼の信頼だけは絶対に失いたくない。

体の昂りが収まらず、熱情の行き場を探して傍らの木箱に手を乗せた。

この楽器はマックスから贈られたものだ。胴体にマックス特有の紋が彫飾された、マックスがミランのためにわざわざ作らせたヴィオリーナ。

分かっている。それがきっと矢傷に対する詫びの気持ちだということも、他の騎士以上に気にかけてくれるのは、きっと、自分がマックスの幼馴染《おさななじみ》だからだということも。

「何をしているんだ……私は」

項垂《うなだ》れ、片手で強く目元を押さえる。

気持ちを封じ、騎士として純粋な忠誠心で彼に仕えると以前決めた。

決めたのに、こうして何年もマックスを諦め切れない自分が、ひどく情けなく思えて仕方なかった。

翌朝早くから、ミランは王城内にある弦楽器製作工房を訪れていた。

独立した一棟の中には工房以外に寝所、台所などが揃《そろ》っていて、今は一人が寝起きしている。

「切れた理由ねえ。この前張り替えたばっかりだけど、切れるときには切れるからなあ。ま、板に問題はないし、そんなに心配しなくても大丈夫じゃない？」

木屑《きくず》が溢れた作業台の前に座り、宮廷弦楽器製作者のラファがヴィオリーナを矯《た》めつ眇《すが》めつしながら言う。

ラファはミランより二つ年嵩《としかさ》の平民で、王族を除いて誰にでもこんな調子だが、飄々《ひょうひょう》とした人柄のせいか咎《とが》められるということがない。上がった眉尻に対して大きく垂れた目に愛嬌《あいきょう》があり、細い体にいつも同じ襟なし上衣と麻の脚衣、胸から膝まで隠す前掛けと、高いところで括《くく》った長髪が特徴的だ。

「そうか。ならいいんだが」

ラファが大丈夫だと言うのだ。ヴィオリーナに問題はないのだろう。

だが、頭で納得できても気鬱が晴れずについ溜息《ためいき》を落とした。

昨夜はマックスに触れられたことに動顚《どうてん》していたが、朝になって気に懸かったのは弦が切れたことだった。

マックスの様子も妙だったし、なんだか胸が騒ぐ。

「ま、こんな紋入りの上等な楽器だ。神経質すぎるくらいでちょうどいいのかもな」

ミランの面持ちが硬いままなのに気づいてか、ラファが場の空気を和らげるように笑う。

このヴィオリーナを作ったのも紋を入れたのもラファ自身だ。ラファはもちろん、父も祖父もかつては手練《てだ》れの製作者で、これまでに数々の名器を王族や貴族に献上してきた。

「ああ、そうだな。殿下から頂戴した大事な楽器だ。傷つけるわけにはいかない」

腕も人柄も信用しているからこそ、マックスはラファにヴィオリーナを作らせたのだろう。ただ、ヴィオリーナの胴の中央、響孔《きょうこう》の上部にある円形の紋が、マックスの背中にある紋と同じというのはラファも知らない。

マックスの右側の肩甲骨の上には、車輪とも太陽とも見える周囲に尖《とが》りのついた蒼《あお》い円の紋様が生まれながらにある。

幼馴染のミランは子供の頃幾度となく目にしたが、痣《あざ》というにはあまりに鮮明なその紋の存在は他言無用とされており、ラファも図案を見て装飾を施したに過ぎず、ミランもまた、マックスとラファ以外にヴィオリーナを見せることを禁じられている。

ときを知らせる鐘が鳴った。

「ではよろしく頼む。取りに来るのは夕方になるから急がなくて大丈夫だ」

「はいよ。任しとけ」

ラファにつられて微《かす》かに緩んだ口元をすぐに引き締める。

胸騒ぎが一向にやまない。

何事もなければいいがと思いながら、ミランは急ぎ足でマックスの部屋に向かった。

王城の跳ね橋を渡り、木立の中を駆けると六月の風が頰を叩いた。

ミランの愛馬ヤスピスが白馬であるのに対し、マックスのラズールは屈強な青鹿毛《あおかげ》だ。黒光りするたてがみは波打っており、止まっていても優雅だが、走ると全身の毛が光を照り返して眩《まぶ》しいことこの上ない。

上下を黒で整えた王子はラズールと一体化し、棚引き走る緋《ひ》色のマントはあたかも大地の鉱脈に見える。

前身ごろに金の刺繡《ししゅう》があるばかりで、膝下丈の脚衣にも白い脛《すね》巻きにも飾りはないけれど、王子の証《あかし》である右手の人差し指の指輪、そして剣を吊《つ》るす革の腰帯だけで十分麗しい。

彼に従う影は、防具の上に白のマント、膝丈の脚衣に長靴、長剣に盾と、今日も抜かりのない護衛姿だ。

王城の礼拝堂で祈りを捧げ、朝議と食事を終えるとマックスは毎朝王都に下る。

都の中心にある聖堂の庭で民と触れ合い、彼らの生きた要望を直接耳に入れるのだ。

慣れたもので、楢《なら》林の終わりが近づくにつれ、二頭が揃って速度を落とした。

眼下には城壁を持たない王都が広がっており、その向こうに豊かな畑と深い森を擁する山々が連なっている。その中でもひときわ高く、頂上に万年雪を冠しているのが聖山クノルフだ。

聖山の周りにはリヒタルフ、同盟国ベルトゥルフ、戦を交えたグンドルフの三国があり、これまでに何度も領土争いをしているが、聖山自体は永年中立領として三国の大聖堂を有している。

毎日目にしていても、神の山の裾野に広がる潤沢な森は美しいと思う。

以前は更に広大だったという森の中には、自然の精霊や彼らと言葉を交わす隠者、不思議な力を操る魔術師と呼ばれる者が多くいたらしい。今も魔術師はいるものの、森の減少で住処《すみか》を追われ、国策と様々な軋轢《あつれき》から珍しい存在になったと子供の頃学んだ。

王都に入り、蜂蜜色の煉瓦《れんが》を重ねた家々の間を抜けると、楢とは違う木の香りが鼻腔《びこう》を満たした。ラファの工房と同じ匂いだ。

国と同名の王都リヒタルフは、弦楽器や家具作りで有名なことから職人の都と言われている。厳しい伐採制限があるため自《おの》ずと高価になるが、楽器にしても家具にしても、リヒタルフ製を求める人々はあとを絶たない。

遠方には他の獣人の国もあり、年に数度は大商人を介して異国の珍品が市を賑わす。同盟国ベルトゥルフは元より、敵国グンドルフとも休戦条約の上で国交が回復しており、戦による動乱期を抜け、リヒタルフはようやく安定してきたというところだ。

三月頃一斉に生まれた赤子たちの声がそこかしこから聞こえてくる。子供は時季を問わずにいつでも生まれるが、冬場の発情期を越えた今頃はとみに賑やかだ。

昼食の仕込みに取り掛かっている食事処《どころ》、裁縫屋、養蜂場、大きな桑の木々に囲まれた春蚕《はるご》の寝床の脇を通るたび、民が敬意を表して膝をついてくる。

(変わりなし、か)

走りながら観察した範囲で王都に異常はなく、ミランは胸を撫で下ろした。胸騒ぎが何かしらの虫の知らせでは訝《いぶか》ったが、マックスの様子も普段と変わりなく、取り越し苦労だったようだ。

「おはようございます。マックス殿下」

「輪転《りんてん》王子、ご機嫌はいかがですか」

ラズールを木蔭《こかげ》に留め、大きな噴水の脇に据えられた石の台にマックスが掛けるや、待ち構えていた多くの民が次々と周りに座ってくる。己の煩《わずら》いをマックスならば解決してくれるだろうと、民は皆一様に期待に満ちた顔をしている。

五年前の戦において、マックスが四つ足の狼となるなり旋風が起こり、敵を蹴散らし戦を勝利に導いたことから、彼は天を操る王子、「天空の輪転王子」と敬い呼ばれている。

リヒタルフは人から狼の姿に変化をする人狼と、姿を変えない動物の狼とが住まう国だ。

変化をするといっても、ミランたち騎士や平民は四つ足の狼に自在になれるだけで、満月を見たときしか半人半獣の姿になれない。

対して、王族や貴族はどちらの姿にも自在になれ、特に王族は四つ足の狼になるとき、森の狼の十倍はある巨大な獣に変化する。

人狼国の中でもそれほど巨体化するのはリヒタルフの王族だけで、ゆえに彼らはクロ＝ド＝ヴィル、人狼の祖であるウィルコドラク神の純血を引き継ぐ子孫、という意味の家名を持っているのだ。

矢に射られて視界は霞《かす》んでいたが、あのときのマックスの勇姿は今でも目に焼きついている。

旋風で翻弄された敵軍の隙をつき、本陣まで一気に駆けて行った漆黒のしなやかな閃光《せんこう》。

マックスは敵将の首に牙を立てたが殺さず、それを機として十年続くと言われていた戦は終息に向かった。全権を預かっていたマックスは、捕虜となっていた敵兵を無傷のまま返す代わりに休戦を申し出たのだ。

　英雄の噂《うわさ》が民に届かぬはずはない。第一王子ではなく、第二王子のマックスこそ王になるべきだと言う者は多い。現に「輪転王子」ではなく既に「輪転王」とマックスを呼んでいる者もいるくらいだ。

「ああ、ミラン。見てみろ。お前と同じ金髪の子がいる」

　マックスの背後で目を光らせていると、ふと、民の要望を聞いていたマックスが振り向いた。目配せされた先を見れば、そこには小さな子供が木の球を手にして立っている。

「さよう……ですね」

「愛《う》いな」

　五歳くらいの男の子だ。母親らしき女性の隣で、もじもじしながら球とマックスを交互に見ている。丸い頬といい、小さな手といい確かにかわいいが、金髪というだけで子供と重ねられて閉口する。

「まったくあの子ときたら。殿下にそんな時間はないって言ってるのに、『殿下と九柱戯《きゅうちゅうぎ》で遊ぶんだ』ってきかないんでさあ」

　そう言ったのはマックスの足元に座っている老人で、呆《あき》れたような口振りだったものの、声には子供に対する愛《いと》しさが滲《にじ》み出ていた。

　マックスは大らかに笑って子供を手招きした。

「九柱戯か。そういえば随分とやっていないな。どれ、ミラン。俺があの子と組むから、お前が相手をしろ」

瓜《うり》型の木の柱を九本並べ、そこに球を当てて倒した数を競う九柱戯。ミランも子供の頃はよく遊んだが、もう球の感触も覚えていない。

「私が、ですか。恐れながら、護衛中に遊戯などと」

「お前はいつもにこりともしないからな。こういうときに『近衛騎士は怖い』という印象を拭うのも騎士の大事な務めだぞ」

民を威嚇しているつもりはなくとも、不審な者を寄せつけないよう厳しい態度を取っているのは確かだ。元より、マックスに相手をしろと言われて断れるはずもない。

「では失礼いたします」

怪しい者がいないか確認してから、盾を石の台に立てかける。

マックスが立ち上がり、袖を捲《まく》ると、皆がわっと歓声を上げた。

誰からともなく柱が並べられ、マックスが子供の手を取って一緒に球を投げる。球は芝生の上を勢いよく転がり、七本の柱を一度に後方へ弾《はじ》き飛ばした。

「さあ、ミラン、お前の番だ」

マックスが屈託なく笑いかけてくる。その顔に少年期の彼が重なり、目を伏せながら頷《うなず》いた。

自分の立場を忘れてはいけない。彼は寛大さから気さくに接してくれているだけだ。

ミランが投げた球は端に当たり、二本を倒すに留まった。

「金髪のぼうずよ」

マックスが腕を組み、傍らの子供に呼びかける。

「ふぁい」

「あの騎士は俺かお前に遠慮しているように見えるんだが、お前はどう思う？」

「ふぁいっ」

「そうか、お前もそう思うか。ミラン、遠慮は不要だ。もう一度本気でやれ」

命令されてしまった。

やむなく指先をほぐしながら球を受け取る。何かにものを命中させるのは得意中の得意なので、結果が見えている。

ミランが投げた球は小気味よい音を立てて九本すべてを倒し、民を沸かせた。

「よしっ、ぼうず！　今度は俺たちが九本倒すぞ！」

「ふぁいっ！」

涙が出るほど平和だ。

数度遊戯を楽しんだあと、マックスは子供を抱き上げ労《ねぎら》うように頭を撫でた。大きな手が柔らかそうな金髪の上を何度も行き来する。

朝日が跳ね返る噴水を背景に、光に包まれた子供とマックスの姿を民が目を細めて見上げる。

「殿下がつがいを娶《めと》られるのはいつなんでしょうねえ」

皆の胸のうちを代弁するような呟《つぶや》きが、淡い風に乗った。

いつかこの人はこうして我が子を腕に抱くのだろう。それはいったいいつなのだろう。

はっきり言葉にせずとも、皆がそう思っているのが感じられた。

聞こえなかったのか、聞こえぬふりをしたのか、マックスが石の台に腰掛け民の要望をふたたび聞き始める。

マックスは間もなく二十五歳になる。王子でその年であれば然《しか》るべき縁談の一つや二つはあって当然だ。

しかし、これまでマックスにそういった話が出たことはない。健康で、容姿も人柄もこの上なく、近年は国政も外交も安定しているにもかかわらず。

「運命のつがいを待っていらっしゃるのかもしれないわ」

そのとき突然、心臓が鷲掴《わしづか》みにされたように疼いた。

恋情や婚姻で結ばれたつがいとは別に、人狼の国には「運命のつがい」と呼ばれる特別な繋がりがある。彼らは出会った瞬間惹《ひ》かれ合い、共通する何かしらの印《しるし》を体に持って生まれると言われている。

ただし、万人に運命のつがいがいるわけではなく、印も各々違っているため、特に二人に身分差があるとそれと気づかず一生を終える場合が多い。結果的に相手と出会える可能性は極めて低いわけだが、それも王家の者となると話が違ってくる。

現王アルフレートと王妃アリシアは運命のつがいだ。

必ず運命のつがいが現れると、アルフレート王は大司教から預言を受けていた。

盾を手に取りマックスの影に戻り、顔から表情を消していつもの通りに周囲を見張る。

運命のつがいは一つの魂が二つに分かれて生まれたものなのだそうだ。

だから、相手と一つに戻るまで、片割れの魂はいつでも寂しいのだと誰かが言った。

リヒタルフで王家と並ぶほど強大な権力を持ち、かつ民の敬意を集めているのが大司教をはじめとする神職者たちだ。おしなべて尊敬に値する人々だが、神職に就けるのは原則貴族に限られており、加えて、各司教区、並びに教会を護っているという意識からか、彼らの中には気位の高い者も少なくない。

一方、信仰心の篤《あつ》い平民から自然発生した修道士たちは総じて控えめで、清貧、貞潔、服従の精神に則《のっと》り、基本的には森に点在する修道院で静かに祈りの生活をしている。ミランはそんな彼らのことが、自身が修道院に住んでいた頃から好きだった。

蔦《つた》の絡まる白い石造りの門をくぐり、菩提樹《ぼだいじゅ》に括られていた馬の隣にヤスピスを留める。掃き清められた石畳の中庭には、清涼な、いつ訪れても郷愁を誘う香りがしていた。

「院長！　イグナーツ院長」

柱廊を進み、礼拝堂に向かう途中で見かけた師に声をかけると、白い修道服に身を包んだイグナーツが、はたと足を止めて温かな笑みを見せる。

「おやおや、立派な騎士がいると思ったらミランではありませんか」

優しげな目元と品のよい高い鼻梁、壮年期と変わらぬ痩身《そうしん》だが、年齢のせいか頬は幾分丸くなっている。

アンスブラント修道院。

ミランは七歳から十三歳まで、ここでマックスと一緒に過ごした。

「祈りに来たのですか？」

イグナーツは若い頃諸国を遍歴し、その博識と敬虔《けいけん》さから平民にして司祭に叙階された誉れの人だ。面倒見がよく、国の歴史も、傷によく効く薬草も、祈りの心構えもミランは彼から教わった。実父と離れて暮らしていただけに、ミランにとって彼は敬愛する第二の父といえる。

「はい。少し気分を落ち着けたくて。ああ、こちらは無花果《いちじく》です。途中でいいのがあったものですから」

七日間の週の最後は労働を休む安寧日と決められているが、騎士が一斉に休めるわけもなく、ミランの休みは安寧日の前日だ。

昨日、王都でマックスと九柱戯をしてから、この休みはここへ来ようと決めていた。

「いつもありがとう。ちょうどこれからお客様をお迎えするところだったのです。助かりますよ」

外界と完全に断絶している修道院が多い中、ここは祈りに来る人を拒んでいない。彼の教えを聞くと痛みが薄れると、心を病んだ退役兵や病者が救いを求めてやって来る。男女を問わず、農民が遠い教会の代わりに祈りに来ることもあれば、位の高い貴族が教えを聞きに来ることもあり、その場合イグナーツは彼らを誠意からもてなすのだ。

「ああ、そういえば先日御父上から馬をいただきました。いつも本当にありがとうございますと改めてお伝えいただけますか」

「もしかして菩提樹の下にいた栗毛《くりげ》馬ですか？」

「そうです。大変助かっていますよ」

そのとき、一人の修道士がイグナーツを呼んだ。院長には責務が山ほどあるし、それでなくとも修道士の日課は厳密に定められている。これ以上彼の邪魔をしてはいけない。

「では祈りを捧げてまいります。イグナーツ院長に神のご加護を」

「騎士ミラン・エリシュカと、エーデルリヒト公マックス殿下がご健勝であるよう、神のご加護を」

イグナーツと別れ、心を静めながら向かった礼拝堂の中には誰もいなかった。

ミランは一人聖画を見上げながら、跪座《きざ》台に膝をついて固く両手を組み合わせた。

「偉大なるウィルコドラク神よ。なにとぞ我が心に慈悲の光を……」

王城内の礼拝堂でも、ウィルコドラク神に毎朝祈りは捧げている。だが何か心に倦《う》むものがあると、幼い頃に慣れ親しんだこの聖画をつい崇《あが》めに来てしまう。

聖画の中央には狼の頭部と、黒い体毛で覆われた人間の肉体を持つ半人半獣の神が座しており、その前に白い狼の神が横向きに身を伏せている。この半人半獣の神と白狼神《はくろうしん》は二体で一つのウィルコドラク神と呼ばれていて、やむなく個別に示したいときは半獣の神を男神、白狼神を女神と呼ぶが、そこに優劣や序列はない。

聖山クノルフの頂《いただき》で、この男神が天と自身の精気で作った御子《みこ》、そして女神が大地と自身の霊気で作った娘御子がクロドヴィル王家の始まりと伝えられている。

麓《ふもと》に下りた御子は一昼夜で社《やしろ》と都を築き、娘御子は次々子を産んだ。

こうして一つの人狼の国ができあがったが、それはのちにリヒタルフ、ベルトゥルフ、グンドルフの三つに分かれることになる。

人狼でも森の狼でも、群れの団結力を高めようとするなら他の群れの存在は欠かせない。食糧や縄張りが脅かされる危険があってこそ、皆が力を合わせて己と仲間を護ろうとする。

いわば、国が分かれたのは当然のことで、それは自然の理《ことわり》だった。縄張りが限られていたから森の生態系を脅かすような愚かな狩りはしなかったし、旱魃《かんばつ》や雪で困らないよう皆が知恵を出し合った。必死に生きているのは皆同じで、その必死さを分かち合っている隣の群れを尊重していたのだ。

森でのそうした掟《おきて》を忘れ、「我にもっと領土を」と言い出したのが誰なのかは、歴史の闇に包まれている。

いつしか人狼たちは無駄な狩りをするようになり、己の私腹を肥やすために隣の領土を侵すようになった。

狼は相手の喉笛を噛《か》み切る強力な牙を持っているが、その武器を振るう場面はごく限られている。獲物を狩るとき、仲間を護るとき、発情期間に他の狼を牽制《けんせい》するときなどで、そこには生存本能に司《つかさど》られた明確な目的がある。

意味なく力を見せつけることはしない。過度な残虐性も遊戯の殺戮《さつりく》もそこにはない。

人とは、違う。

人間の姿で生まれることから、ミランたち人狼は動物の狼と比較して自分たちのことを「人間」だと認識している。

しかし、この体の半分は狼のはずだ。それなのに、戦火の中にいると、自分たちには果たしてどこまで狼の心が残っているのだろうと思う。

そう考えた途端、心臓が嫌な感じに打った。

（まさか……戦？）

ヴィオリーナの弦が切れたことが胸をよぎる。もう五年も平穏が続いているとはいえ、いつまた戦が始まるとも分からない。戦に出るのは恐ろしくないが、万が一マックスの身に何かがあったらと思うと憂鬱になる。

マックスが戦いで先陣を切って出るのは、一日でも早く戦を終わらせるためだ。

彼は王族の中でも色濃く狼の心を受け継いでいるように思う。強く、聡明《そうめい》で、何より仲間思いだ。

優しい、優しい人なのだ。子供の頃からずっと。

――ミラン。剣を振るうのは仲間を護るためだ。俺には護らなければならない者たちがいる。

過ぎし日のマックスの言葉が耳に蘇《よみがえ》る。

こうべを垂れ、目を閉じると、マックスと過ごした日々が胸に鮮やかに浮かび上がった。

騎士の家に生まれた男子は概《おおむ》ね七つになると騎士修行に出される。

四百年間途切れることなくクロドヴィル王家に仕えてきたエリシュカ家の嫡子として、その春、やはり父が修行をしたアンスブラント修道院にミランは預けられた。

修行を始める日に定めはないので、当時は副院長だったイグナーツから「今日入ったミランと同じ年の子がいる」と聞かされたときは素直に嬉《うれ》しかった。

それが誰か判明したのは間もなくのことだ。

修道院長に挨拶《あいさつ》をし、イグナーツに頭から聖水をかけてもらい、最初の祈りを捧げるため礼拝堂に入ると、大人の修道士たちに交じって一人の子供が既に祈りを捧げていた。

膝をついた彼の後ろ姿を窓からの光が照らし出している。

なぜだか分からないが、癖のある黒髪を奔放に跳ねさせた、顔も名も知らない彼の背中から少しも目を離せなかった。

祈りを終えて彼が立ち上がる。

そして、振り向いた彼と視線が合った瞬間。

二人の頭から狼の耳が、尻からふさふさとした長い尻尾が飛び出した。

祈りのあと居室に案内され、そこで彼と再会した。彼と同室になること、名がマックスであることを教えられたが、彼の身分は明かされなかった。部屋の外では常に二人の護衛がついていたので特別に位の高い貴族であるのは明らかだったが、マックスが身分の高さをひけらかすようなことはなかった。

修行中の私語は禁じられている。その日からすぐに講義や剣術の指南が始まり、日中特別な交流を持ったわけではなかったけれど、夜、まるでそうするのが当然のように、マックスの寝台で小さな体を寄せ合って寝た。

マックスは利発で、大胆で、武技も勉学もすべて人より抜きん出ていた。かつ年長者に対する敬意は忘れず、仲間に対しては常に深い思いやりを持って接した。

最初からミランはこの同胞のことが好ましくてたまらなかった。

菜園の人参《にんじん》を一緒に抜いた。同じ星を見上げて方角を学んだ。

ときの分だけ順調に友情を育んでいた二人の仲を更に近づける出来事が起こったのは、一年後だった。

修道院の中でも週末の安寧日は設けられており、決められた祈りと日課をこなせばあとは自由に過ごすことが許されている。都に下りるのは認められていなかったが、近場の森に入って瞑想《めいそう》をしたり、動植物の観察をしたりするのはむしろ奨励されていた。

安寧日のその日、朝の祈りが終わって間もなくマックスの姿が見えなくなった。

彼はたまに護衛と馬で出て行くことがあったので、そのときもそうなのだろうとミランは気に留めなかったが、しばらく経《た》って、一人で外に出て行くマックスの姿を見て不思議に思った。

あとを追ってしまったのは、ただ自由な時間にマックスが何をしているのか気になっただけだ。

マックスはよそ見をすることなく森の奥に入って行った。急いでいるようには見えないのに、後ろを追ってみて、彼がいかに無駄なく敏捷《びんしょう》に歩いているのかが分かった。

距離がどんどん開いていく。マックスの背中が小さくなっていく。

葉擦れの音が高く響いたのは、ミランが木の根に足を取られて転んだときだった。

起き上がると、マックスの姿が見えなくなっていて、そこでようやく森の中でひとりぼっちになっていることに気づいた。

人狼にとって森は親密な場所であり、かつ危険に溢れた場所だ。特に恐ろしいのは野生の熊や猪《いのしし》で、狼に変身した大人であってもときに負ける。

考えた直後、風上から熊の匂いがした。

「あ……」

前方を見たまま身動きができない。捩《よじ》れた大樹の向こうに大きな黒い熊がいた。太い爪をミランに向け、赤黒い喉奥が見えるほどに口を開けている。

熊に遭ったときはどうするのだったか。熊は木に登れる。速く走れる。正面から戦ったらミランに勝ち目はない。

「ミラン！」

突然呼ばれて脇を向くと、マックスがこちらに向かって駆けて来ていた。同時に熊が突進して来る。

熊の手が振り下ろされる直前、ミランはマックスに押されて藪《やぶ》の上に転がった。

熊が威嚇の唸《うな》りを上げる。何かが木の葉を蹴散らす震動が伝わってくる。

ぎゅっと閉じていた目を開けると、そこにはいつの間にか数匹の狼がいて、熊を四方から取り囲んでいた。

（人狼……じゃない。森の狼……森狼《しんろう》だ！）

「殺すな！　山の奥へ戻せばいい！　子供を放せば落ち着く！」

狼に指示したマックスに驚いたが、尋ねる間もなく言われた。

「ミラン、手伝ってくれ！　罠《わな》に掛かっている子熊を放す！」

それで合点がいった。ミランが遭遇したのは母熊だったのだ。

狼たちが母熊を止めている隙にマックスと一緒に子熊の元へ走る。ほどなく目にした黒い子熊は、鉄の罠に足を噛まれてぐったりしていた。

「俺が口を押さえるから、その間に罠を外すんだ。できるな？」

「わ、分かった」

子熊といえども手の爪は既に太く、素早く罠を外さなければマックスが危ない。きっと機会は一度きり。

「いち、に、さん！」

マックスが子熊の口を押さえた一瞬に、バチンと留め金を外した。

「行くぞ！」

成功の余韻もなく、外れた罠を持ってマックスが子熊から離れる。緑蔭《りょくいん》の中、マックスの背中を必死に追いながら、ミランは目に飛び込んでくる光に何度も激しく瞬《まばた》きした。

息が切れて汗が流れたが、少しも苦しさを感じない。それどころか嬉しくて楽しくて、走りながら頬が痛くなるほど笑ってしまった。

森が一緒に笑っている。木々の隙間から注ぐ光を、マックスが砕き、散らし、周りに引き連れ走って行く。

それは生まれて初めて感じる高揚だった。マックスとこのままどこまでも駆けて行けるような、そんな自由な気持ちだった。

熊たちから遠く離れ、小さな岩穴の前でやっとマックスは止まった。マックスは鉄の罠を岩穴に放り投げ、振り向くなり奇妙に眉尻を下げて言った。

「耳」

「え？」

「耳、出てる。尻尾も」

「！」

人狼の赤子は、二歳か三歳頃自然に狼の姿を取れるようになるが、子供のうちは気持ちが昂るまま耳や尻尾が出てしまう。平民の子ならそれでよくても、いずれは騎士となる者、敵に感情を悟られないよう狼化を制御するのは必須だ。

慌てて耳を押さえたけれど、焦れば焦るほど引っ込んでくれない。

マックスはその場に胡坐《あぐら》をかいて座ると、慌てふためくミランに歯を見せて笑った。そうしているうちに、マックスからも耳と尻尾がぴょこんと飛び出す。

「マックスも、耳」

「ん。これでミランと同じだろ」

二人して、声を立てて笑った。

その声を聞きつけたかのように、先ほどの森狼たちが木々の間から現れたが、母熊と子熊を山の奥に戻したのか、彼らは一転して穏やかな顔つきをしていた。

ミランの胸がまた高鳴る。森狼を直接目にするのは今日が初めてだった。

森の奥に住んでいる森狼は、滅多に人前に姿を見せないことから神聖な存在として畏敬されている。修道士の観察によって生態は摑めているものの、こんな風に近くに来るなんて初耳だ。

銀灰色の五匹の森狼たちが周りで身を伏せる。ミランは緊張したが、マックスも驚いた顔で森狼たちに声をかけた。

「お前たち……」

友にするように呼びかけたマックスに、やはり彼は森狼と話せるのかとどきどきした。

「あの、マックス。さっきは助けてくれてありがとう。それで、マックスは森狼たちと話せるの？」

マックスはミランを見上げ、それから首を横に振った。

「こんな風に会話ができるわけじゃない。ただなんとなく気持ちは通じるし、呼べば来る」

「呼ぶって、遠吠《とおぼ》えで？」

マックスはまた首を振った。

「声に出さなくても胸の中で呼べば来てくれるから、こいつらに会いたいときはいつもこうやって森に来るんだ。だから本当はミランが来てるの分かってたんだけど……振り切った。でもなんだか嫌な匂いがして戻ったらああなってて。怖かったよな。一人にして本当にごめん」

置いてかれたことより、マックスが森狼を呼べることに驚いた。

すごい。森狼は夜行性のはずなのに、マックスが呼んだから出て来たのだ。

興奮しながらマックスの隣に座って膝を抱え、ミランは出したままの尻尾でぱたぱたと地面をはたいた。

「勝手に追いかけたのは僕だよ。それより森狼たちと話せるなんてすごいね」

マックスは考えるように首を傾《かし》げた。

「いや、すごいのはミランだと思う。こいつら普段は俺以外の人間は近くに寄せないんだ。だからいつも一人で来てて……。でも、こいつらがこうやってミランのこと気に入るなら最初から連れて来ればよかった。今度は一緒に来ような」

　何気ない一言だったが、嬉しくて何度も頷いた。

　マックスとまたここに来られる。マックスと一緒に森狼に会えるのは、きっと自分一人だけだ。

　その出来事だけでも嬉しかったのに、更にその夜、ずっと一人で清拭《せいしき》をしていたマックスと一緒に初めて汗を流した。

　盥《たらい》に張った湯で体を拭いながら、ミランはマックスの背中にある痣について尋ねた。

「この紋は生まれたときからある。これがあるのを知っているのは数人だけだ。親からも誰にも言うなって止められてる」

　汚れていた尻尾を拭う手を止めて、ミランは目を瞠《みは》った。

「僕はいいの？」

　マックスは、大きな金の瞳でミランを見つめた。

「ミランはいい」

　お前は特別だと言われたようで、無邪気に頬が緩むのを止められなかった。有頂天になっていて、友に秘密を打ち明けられた重みをよくよく考えてみる思慮深さはなかった。まだたったの八つだったのだ。

　学ぶことは楽しかったが、彼といるのはもっと楽しかった。規定の時間を越えて清拭を続け、様子を見に来たイグナーツに慌ててマックスの紋を隠したが、彼は知っているとあっさり言われて、また二人で終わることなく笑い続けた。

その日を境に仲は急速に深まり、いつしか二人は誰の目から見ても無二の友と呼べる間柄になっていた。

ミランがその友に叱《しか》られたのは、更に二年後、二人が十歳のときだった。

「ミラン、本気でやれ！　手加減するな！」

剣術の稽古で打ち合っていたとき、突然マックスが剣を下ろして怒鳴った。二人が手にしていたのは木の剣だが、名工たちが真剣そっくりに彫り出したもので、剣先に当たれば無傷ではいられない。

「手を、抜いてるわけじゃ……」

おどおどしながら言うと、マックスが憤ったように反論した。

「お前は俺より背だって高い。力だって互角なはずだ。手を抜いてないならなんで毎回俺に負ける？　それで騎士になるつもりか？」

マックスの言葉は思いのほかこたえて、何も言えずに唇を噛み締めた。そうしなければ三年間こらえてきた思いが今にも溢れて零《こぼ》れそうだった。

けれど男子がここで泣くわけにはいかない。そんな姿を見せたらエリシュカ家の恥になる。

右手で剣を、左手で拳を握って涙をこらえていると、マックスが溜息をついた。それから彼はミランの手首を摑むと、ついて来ようとする護衛を制してミランを物蔭に連れて行った。

壁に背を預けて並んで座るなり、すまない、とマックスは謝った。

「お前を軽んじたわけじゃない。もしお前の名誉を傷つけたなら謝る」

思いも寄らぬ謝罪に激しいうしろめたさを感じた。

「ちが……マックスは悪くない。僕が……僕は」

「どうした？」

膝を抱えて言葉を濁したミランをマックスが覗き込んでくる。

その澄んだ瞳に、彼に隠し事をしているのがどうしようもなく苦しくなった。

何もかも打ち明けてしまいたい。でも馬鹿にされないだろうか。それなら家に帰れと言われたらどうしよう。

「ミラン、言いたくないことを無理に言う必要はない」

ためらっていると、マックスが落ち着いた口調で諭してくる。優しさに涙が出そうになったが、逆にそれで迷いが晴れた。

「僕、は」

膝頭をぎゅっと握る。マックスは絶対馬鹿にしたり怒ったりしない。

「本当は、騎士になるの、怖い」

「怖い？」

思った通り、マックスは復唱しただけで、顔に批判の色を浮かべなかった。

「父上のことは尊敬してる。でも僕は戦が好きじゃない。誰かを殺すために剣を持つ理由が分からない。どうして戦わなくちゃいけないんだろう。僕は、本当は、誰も殺したくなんかない」

通常騎士に爵位はないが、ミランの父は騎士としての功績を認められて男爵の称号を与えられている。

父を否定しているわけではないが、戦いのことを考えると、いつも自分のどこかが悲鳴を上げる。

うまく気持ちが伝わっただろうかと不安に思っていると、マックスは立てた片膝に腕を置き、まっすぐ前を向いた。

「ミラン、剣を振るうのは、仲間を護るためだ」

しばらくして、迷いのない声で告げたマックスの横顔は、とても大人びていた。

「俺だってできることなら剣を持ちたくない。戦をしない世界を目指すべきだと思う。だが一度戦が始まったなら、俺は仲間を護るために武器を取らなければならない。一日でも早く戦を終わらせるために、俺はいずれ剣を振るうだろう。ミラン、俺には、護らなければならない者たちがいる」

前方を見るマックスの瞳で春の終わりの光がさざめいている。先ほどとは違う涙が瞼《まぶた》を押し上げ、ミランは小さく唇を震わせた。

同じ年なのに、マックスはこんなにも強くて賢い。ミランが足元にも及ばぬほど、彼は遥か遠くを見据えている。彼は、自分のためではなく、仲間や国を護るために日々の修行を行っていたのだ。

恥ずかしさのあまり膝頭の間に顔を隠した。

「ミラン」

「うん」

「お前は騎士じゃなければ何になりたかったんだ？」

顔を伏せたまま首を振った。

「もういいんだ。大丈夫。僕は立派な騎士になる」

「何かあるなら教えてくれ。お前のことならなんでも知りたい」

柔らかな声音から、マックスの気遣いが感じられた。真摯に答えることが話を聞いてくれた彼に対する礼儀だろう。

「ヴィオリーナ」

「ヴィオリーナ？」

「ヴィオリーナを、弾く人になりたかった」

修道院で習うより先に、ごく小さな頃から母を真似《まね》て弾いていた。あんなに美しいものはない。

「そうか、楽士か」

マックスに髪をくしゃくしゃと撫でられる。胸がどきりと跳ねて、狼の耳が思わず出そうになった。

顔を上げると、マックスの笑顔が目に飛び込んでくる。

「いつか、安心して音楽を楽しめる国を二人で作ろうな」

「う……うん！」

いつしか迷いは払拭されていて、本心から力強く頷いた。

自分が騎士になるのは仲間を護るためだ。

彼のような男になりたい。

マックスと一緒に、いつの日か自分も、国を護れる強く立派な騎士になりたい——。

閉じていた瞼をそっと開け、ミランは組んでいた両手に力を込めた。

あれからもう十五年が経ったというのがまるで嘘《うそ》のように思えた。

かたときも忘れたことのない大事な思い出だが、「騎士になるのが怖い」と打ち明けたことだけは激しく後悔している。

嫌々騎士をしていると思われたくない。自分は望んでマックスに忠誠を誓った。それを証明するには命を賭して彼を護っていくしかない。

（五日後は殿下の生誕祝賀会……どうか、無事に執り行われますように）

改めて神を見上げ、心の中で強く祈る。

感傷は邪魔なだけだ。今の自分の役目は王子であり主であるマックスを護ることだけ。

どうかマックスが健やかであるように。彼に災いが降りかからないように。

彼が幸せでいてくれることだけが、このときのミランのただ一つの願いだった。


侍従を下がらせ、二人きりになってミランから箱を受け取ると、マックスはすぐに蝶《ちょう》の翅《はね》をほどいて蓋《ふた》を開けた。

「いい匂いだ」

朝一番の光がマックスのほころぶ口元を照らし出している。

「家の者が作った蜂蜜の焼き菓子です。毎年同じもので恐縮ですが」

「俺の好物と知ってのことだろう。大儀なことだ。礼を伝えてくれ」

口にするのは少量だが、マックスは好んで甘いものを食べる。それを知ったのは王城に上がってからで、以来彼の誕生日には焼き菓子を用意するようにしていた。本当であればもっと豪華なものを贈りたいのだが、近衛騎士からの奢侈《しゃし》な貢物をマックスは拒否している。献上品は騎士同士の無駄な競争を生むからだそうだ。

　マックスは微笑したまま焼き菓子をつまみ、ためらうことなく口に入れた。

　王子が毒見なしで何かを口にすることはほとんどなく、その瞬間、ミランの胸に得も言われぬ甘さが広がる。

　マックスから信頼されているのをひしひしと感じる。彼の好物だからではなく、自分はこれを見たいがために毎年菓子を贈っているのではないか。

　二つ続けて食べてから、マックスは菓子の箱を円卓に置いた。

「ミラン」

　マックスの胸元を見つめて身を正す。声音が微妙に変わった気がした。

「はい、殿下」

　ゆっくりとした息継ぎのあと、マックスは言った。

「来年もまたこれを作って……作ってくれるよう頼めるか」

　何を言われるのかと緊張していただけに、肩の力が抜けた。

　それほど口に合ったのだろうか。材料も手順もこれまでと同じだが。

「も、もちろんです。よろしければまたすぐお持ちいたします」

　意気込むミランに、マックスは軽く笑った。

「いや、来年で構わない。毎年これを食すのが楽しみだったからな。何、来年これがなかったら些か残念だと思っただけだ」

「なくなることなどございません。殿下が望んでくださるならいつでもお贈りいたします」

「……来年を楽しみにしている。では行くぞ。今日は忙しい」

「はっ」

生誕祝賀会が始まる夜までに、マックスは執務を終わらせ身支度を整えなければならない。

喜ばしく、忙しい一日であるということに紛れて、ミランはマックスが発した「来年」の意味を深く考えることはなかった。

飛ぶように時間が過ぎ、広間に主役が到着したときには既に皆が集まっていた。

壁には神の奇跡を起こしたとされる「救済王」マクシミリアン・クロドヴィル——マックスの名は彼に由《よ》っている——をはじめ、名を馳《は》せた賢王たちと王妃の肖像画が整然と並んでいる。金の王冠を被《かぶ》り、上質な毛皮と贅《ぜい》を凝らした宝飾品で身を飾った彼らは、巨木から彫り出した長大な卓に居並ぶ人々を睥睨《へいげい》していた。

広間にいるのは護衛をしているミランたち近衛騎士を含めても二百人程度だ。第二王子の二十五歳の生誕祝賀会としては多くない。

マックスの左隣には母であるアリシア王妃が座しているが、その隣、席次における最上位の位置は空席だ。アルフレート王は長らく病床についており、今日も具合が芳しければ着座する予定だったが、やはり叶《かな》わなかった。

壁際で直立し、ミランは遠くからマックスの横顔を窺った。朝より浮かない顔をしているのは気のせいではないだろう。

新鮮な猪肉の丸焼き、牛肉の葡萄酒《ぶどうしゅ》煮、鴨《かも》肉に香草を散らしたチーズパイ、桑の実酒など、王侯貴族に対して礼を失さない晩餐《ばんさん》ではあるが、楽隊もおらず、マックスが父王を思いやって祝賀会の規模を控えめにしたのは想像に難くない。

王不在の祝賀会では手放しに喜べないだろうと思っていると、空席の向こう側から笑い声がした。

「さよう、この貴石は我々でも中々手に入らないものでしてな。ああでも、この前狩りに行ったときに袖飾りを落としてしまいました。何、たくさん手に入れましたゆえ、一つくらい穴兎《あなうさぎ》にでもくれてやりましょう」

再度高笑いをし、たっぷりとした袖を振り回して男が銀杯を呷《あお》る。

（この男が……我が国の第一王子）

ブルクヴァルト公アロイス。リヒタルフ王国第一王子にして王位継承権第一位の男。

マックスより二つ年上なのに、背中まである髪を振り乱し、限度を弁《わきま》えず杯を貪る姿には威厳の欠《かけ》片《ら》もない。

マックスも酒を嗜《たしな》み装飾品で身を飾るが、それは王族としての礼節に適《かな》う範囲に限られている。

第一王子でありながら、アロイスは浅慮で享楽的で、救いようもなく怠惰だ。

婚儀前に女性の肌を見るのは無礼とされているのに、あろうことか無体を働こうとして婚姻が二度も取りやめになったと聞いた。また、世継ぎというのを理由に先の大戦で戦わなかったのはまだしも、王が病床にあったのをいいことに、アロイスは戦勝祈願と称して連日王城で馬鹿騒ぎを繰り広げていたのだ。

この男が王になったらこの国はどうなるのだろう。この男に忠誠を誓わなければいけないのかと、今から心配しているのは何も騎士たちだけではないはずだ。

（マックス殿下が王になってくれれば）

国王が病に冒されてからというもの、その思いは強まるばかりだ。せめてアロイスにマックスの十分の一の賢さが、人狼としての誇りがあったならと思わずにいられない。母親が異なっているとはいえ、なぜこうも違うのか。

国の行く末を憂いながらマックスに目を戻すと、彼は右隣に座る青年と頬をほころばせて話している。

マックスの実弟、第三王子のレオシュだ。王妃似の大きな目と、榛《はしばみ》色の髪をした十八歳の弟を、マックスが殊《こと》のほかかわいがっているのはミランも知っている。

アロイスと周囲の者が声を張り上げるのを除けば、宴《うたげ》は粛々と進んだ。

宰相のハロルトが立ち上がって皆の注視を集めたのは、食後の円舞もなく、宴もそろそろ終わりかという頃だった。

「マックス殿下、本日は真《まこと》におめでとうございます。この佳《よ》き日をともに迎えられ、このハロルト、大変光栄に存じます」

ハロルトの長い白髪と髭《ひげ》に蠟燭《ろうそく》の影が揺らいでいる。ハロルトは宰相であると同時にマックスの側近として、温かく、ときに厳しくマックスを支えてきた傑物だ。

「さて、生憎《あいにく》本日も国王陛下のご臨席叶わず、胸を痛めておられる方も多かろうと拝察いたします。しかしながら、此度《こたび》その陛下より喜ばしき勅命を賜りましたゆえ、ここに謹んで告示申し上げる次第にございます」

広間が俄《にわ》かにざわつき、困惑した表情が皆の顔に広がる。

（陛下の勅命？　この場で？）

ミランも宴席での王命に面食らったが、胸元から巻紙を取り出し、恭しい手つきで広げたハロルトに意識を集中した。

「『リヒタルフ王国第九十六代王、アルフレート・クロドヴィルの名において』」

アロイスもレオシュも宰相の方を見ているが、マックスだけは感情を見せずに前を向いている。

マックスが静かに目を閉じたとき、ハロルトの威厳溢れる朗々とした声が広間に響いた。

「『第二王子マックスの妃《きさき》とすべく、天より定められし運命のつがいを喫緊《きっきん》に探し出し、これを王家に迎えることを、王家一同、並びにすべての直臣に命ずる』」

ハロルトの声に、一瞬ミランは息を止めた。

「『尚《なお》、登城よりふたつきのちには婚儀を執り行い、無事婚姻が成立した暁《あかつき》には』」

閉じていた目を開けたマックスは、幼い頃、仲間を護ると言ったときと同じ瞳をしていた。

「『第二王子マックスを第一位王位継承者とし、我が亡きあと、これを王とすることをここに記す』」

「なっ……！」

最初に驚愕《きょうがく》の声を上げたのはアロイスだった。強《したた》かに酔っていても事の重大さは分かったらしい。

無論動揺したのはアロイスだけではない。

マックスが運命のつがいを——妃を迎えてこの国の王となる。

「何を言っているんだ！　貴様よくもそんな戯言《ざれごと》をっ……！」

アロイスが両手で卓を叩いて立ち上がる。ミランはその音で我に返り、同時に先だってのマックスの言葉を思い出した。

菓子を口にしたとき何度も「来年」と言っていたマックス。

彼はこちらを信用しているから毒見なしでも菓子を食べてくれていた。

けれど、もしも他の人間が、妃が傍らにいたらどうだろうか。

毒見させると分かっていて、自分はこれまでと同じようにマックスに菓子を贈るだろうか？

彼はきっとそこまで考えた上で「来年も贈ってくれ」と言ったのだ。「信用していないわけではない」と、おそらく今から伝えるために。

マックスがつがいを迎える。結婚してしまう。

嫌な予感が当たってしまった。胸が騒いだのも、マックスの様子がおかしかったのも、すべてこれが原因だったのだ。

「アロイス殿下、ゆめゆめ発言には気をつけられよ。陛下の勅命を戯言などと、幾ら殿下といえども聞き捨てなりませんぞ」

激昂《げっこう》するアロイスにハロルトが言うと、アロイスは歯軋《はぎし》りし、憎悪のこもった目でマックスを睨《にら》んだ。

「マックス、貴様父上に何を吹き込んだ！　次期王だと？　ふざけるな！　王になるのはこの俺だ！」

マックスは冷静な声でアロイスに返した。

「俺は何も言っていない。ただ俺が運命のつがいを娶り、この国を統べるのは決まっていたことだ」

（決まっていた？）

状況を見守っていた周囲がたちまちどよめき、ミランも奥歯を強く嚙み締め何度目か分からぬ衝撃をこらえた。

何が決まっていたというのだろう。

運命のつがいを娶ること？　国王となること？　いつから？　なぜ？

リヒタルフの王座は嫡男が継ぐものと決められている。第一王子が幼年や病身であっても一度は王座に就かせるのが法だ。マックスを王とするならそこには厳然たる理由がなければならない。

誰もが興奮と疑問を顔に浮かべる中、アロイスが銀杯を床に投げつけた。剣が骨を砕くような鈍い音がし、辺りに赤い液体が広がる。

「言わせておけばよくも……！　何が運命のつがいだ！　そんな滑稽な話がまかり通るか！」

ハロルトがかっと目を見開き、厳しい叱責《しっせき》の声を上げた。

「アロイス殿下！　控えられよ！　王妃陛下に対する不敬でありますぞ！」

名を出されたアリシア王妃が金色の右目と青い左目でアロイスを見やる。

青い右目と金色の左目のアルフレート王と対を成す瞳——運命のつがいの証の瞳で。

国王アルフレートはアロイスの母である前王妃がまだ存命中に、大司教の預言の通りに運命のつがいであるアリシアと出会った。

預言はいわば神託、人狼の民が従うべき神の言葉だ。

そのときの王家の内情をミランが知る由もないが、病により前王妃が崩御したのち、王が運命のつがいを妃に迎えたことは事実だ。

そうして結ばれたアルフレートとアリシアから生まれたマックスを、アロイスが憎むようになったのは時間の問題だったらしい。

「運命のつがいが滑稽でないならまやかしだ！　ともかくつがいを娶りたいなら勝手に娶れ！　だがつがいと王座になんの関係がある？　なぜ父上はこんな馬鹿げたことを……！」

ハロルトは勅書を胸に戻してアロイスを見た。

「『この者、二十五になりしとき対の紋様を持つ者と結ばれ、ともに国を統べて民を天下泰平に導く』――マックス殿下が生後間もなく大司教から受けた預言です」

アロイスばかりでなく皆が呆《あっ》気《け》に取られて瞬《またた》いたが、ミランだけは愕然としながらマックスの横顔に目を走らせた。

マックスの背中の紋様が脳裏に浮かぶ。

何年経っても忘れるはずがない。毎日ヴィオリーナの紋を見ているのだ。

「なんだそれは。対の紋様？　大司教の預言だと？」

アロイスが怪《け》訝《げん》を露《あら》わに問い詰める。アロイスに紋の存在を知られないよう、王や王妃は今日までひた隠しにしてきたのだろう。すべてを知れば彼が狂乱するのが分かっていて。迂闊《うかつ》に他人に言えないはずだ。あの紋はマックスが王となる証であり、彼のつがいを探す手がかりだったのだ。

　ハロルトはそこでマックスに目を向けた。

　マックスは頷き、アロイスではなく皆の方を向いて言った。

「俺の背中には生まれたときから一つの紋が刻まれている。今は真円とだけ伝えておくが、俺のつがいは体のどこかに……おそらく背中にそれと同様の紋を持っているはずだ。身分の分け隔てなく、我はと思う者は王城に来るようまずは触れを出すが、紋がある者はくれぐれも吹聴するなと皆からも伝えて欲しい。現れた者は武器の有無だけ検《あらた》め宮殿に通せ。真偽の判断はこちらでする。また、すべてのつがい候補が王城に入ってから出るまで確実に護衛するよう騎士たちに命ず。委細は明朝ハロルトから伝えるが、何か疑問があれば今聞こう」

　マックスが護衛と言うなり場に緊張が走った。彼が王となるのを望まない者、婚姻を阻もうとする者が出てくるのを彼は既に見越しているのだ。

　それに気づいた瞬間全身に鳥肌が立った。

　マックスがつがいを娶って王になるのは喜ばしいことだ。

　それなのに、自分はそれを嫌な予感が当たったと、嫌なことだと認識した。

　騎士としてマックスの幸せと国の繁栄を何より喜ばなければいけないのに、おそらく、自分は今この場で、誰より深く絶望している。

「何が『疑問があれば』だ！　いいかマックス。紋だか預言だか知らんが、俺は断じて認めんぞ！」

　余計逆上したアロイスに、ハロルトは顔を歪《ゆが》めた。

「アロイス殿下、まだお分かりになりませぬか！　陛下がこれまで何度アロイス殿下を思ってお叱りになったか。どのようなお気持ちでこの命を出されたか……。アロイス殿下が真に民を導くお方であれば、陛下とて預言よりも法を遵守されたかもしれませぬのに」

　アロイスの顔が朱を通り越して赤黒くなる。彼は口角泡を飛ばしてハロルトを指さした。

「黙れハロルト！　お前は俺に民を導く力がないと言うのか！　それ以上無礼を言うなら、ハロルト、貴様の首を……」

「兄上！」

　突如マックスが立ち上がり、厳しい視線を兄に向けた。

「ハロルトがどれだけ国のために尽力しているかは兄上もご承知のはず。俺への恨みをハロルトに向けるのはやめていただきたい」

　マックスに続き、それまで黙っていた王妃も立ち上がった。

「アロイス殿下、わたくしからも頼みます。僭越《せんえつ》ながら、王の命を尊重するのが我々王家の者の務めではないでしょうか」

　猛々《たけだけ》しく口論する男たちの間で、凛《りん》と発言する王妃に顔をしかめると、アロイスは怒りに燃える瞳でマックスを睨み、もう一度卓を叩いて声を張り上げた。

「マックス、何があっても俺は許さん。いいか、忘れるな。俺はお前を許さんぞ！」

それを最後に、アロイスは肩をいからせ大股で広間から出て行った。

扉が閉まるなり、臣下たちが安堵の息を漏らしてマックスの元に集まって来る。

「マックス殿下、このたびはおめでとうございます」

「なんと喜ばしい。これで我がリヒタルフも安泰ですな」

祝いの言葉を述べる面々が、マックスの婚姻を心から寿《ことほ》いでいるのはその顔から窺えた。

「マックス兄様、本当になんてめでたいんだろう！　驚いたけど、兄様が王になれば僕もすごく嬉しいな。どうか運命のつがいが無事見つかりますように」

中でも若いレオシュは喜びを露わにし、忠誠の証である手の甲への口づけをマックスに行っている。

自分もああして忠誠を誓ったと、レオシュを見ながらミランは茫然《ぼうぜん》とするしかなかった。

マックスをただ一人の主と決めた。彼を全力で護り、彼の幸せを願うことを確かに誓ったはずだった。

けれど今の自分ときたらどうだ。

彼の幸せを喜ぶどころか、胸の痛みをこらえ切れずに奥歯を噛んでいるだけだ。

あの誓いはなんだったのだろう。

欲望を殺して仕えられると、それほど自分は強いのだと、どうして信じていられたのだろう。

自分は強かったわけではなく、心を偽っていただけだ。

彼の傍《そば》にいたくて、自分でも気づかぬうちに、途轍《とてつ》もなく脆《もろ》い己を鎧で固めていただけだった。

マックスに対する深い友愛、秘めた憧れと競争心は日に日に大きくなっていった。

誰よりも強くなりたかった。

もっと強くなって、誰の前に出ても恥ずかしくない男になって、マックスと肩を並べられる立派な騎士になりたい。

そんな夢を胸に抱き、必死に彼の背中を追いかけていた、十三歳の秋。

このまま来年には修道院を出て、いつかマックスと一緒に騎士になるのだと、そう信じて少しも疑っていなかった。

「ミランっ、強く、なったな」

「マックスこそっ」

額と額を突き合わせて鍔迫《つばぜ》り合いをする。マックスの方が身長は高くなっていたが、競り合う力は互角だった。

互いの剣が細かく震える。間合いを図って二人とも動けない。

「やっ！」

一瞬できた隙を逃さずミランが剣を押すと、一歩後ろにマックスが下がった。

「うわっ」

声を上げ、体勢を崩して尻をついたマックスに驚いたのはミランの方だ。

マックスの左手の下から嫌な音が上がり、ミランは慌てて剣を下ろした。

「マックス！」

「いて……」

マックスが胸の前で開いた手の平から、とくっと鮮やかな血が流れる。

たまたま小石の多い場所だった。マックスは運悪く蹴躓《けつまず》き、尖った小石で手の平を切ったのだ。

「ご、ごめん」

真剣にやっていたとはいえ怪我《けが》をさせるつもりはなく、ミランがマックスの前で膝をつくと、彼はわざと手を振って見せ、なんでもないと大きく笑った。

「本当の戦じゃなくてよかった。何、こんなのは傷のうちに……」

けれど、話半ばで彼は突然笑顔を消した。おろおろとしながら見たマックスの手からは血が流れ続けている。

「ごめん、マックス。痛いよね」

どんな小さな傷も侮ってはいけない。すぐに手当てをしなければ。

そう思い、焦りながらマックスに向かって手を伸ばしたが、修道服の首をいきなり引き上げられて目が回った。

「貴様っ、よくも殿下にお怪我を……！　黙って見ておればいい気になりおって……！」

「ぐっ」

「カール！　やめろ！」

立ち上がりながらマックスが怒鳴った名前から、首を絞めているのが彼の護衛の一人なのだと分かった。

「いいえ、やめません！　殿下、これまで殿下の言いつけ通り見守ってまいりましたが、私の我慢ももう限界です！　エリシュカ家の子息とはいえ、こやつの殿下に対する態度は無礼千万。こやつも来年には王城に上がる身。もう己の立場を弁えなければならぬ年です！」

（殿、下……？）

首を絞める腕に手をかけ、霞んだ目でマックスを見ると、握った拳を震わせるマックスは、見たこともないほど憤った表情をしていた。

「カール！　ここにいる間は言わぬという約束だったはずだ！」

「どの道あと数箇月のことでございます。おい、こやつを向こうに連れて行け」

騎士がミランの背を乱暴に押す。ミランを受け止めたもう一人の騎士は、やはり目尻を吊り上げミランの腕を強く引いた。

「ミラン！」

前のめりに歩きながらマックスを振り返ったが、何も言葉が出てこない。

心臓がうるさく鳴っている。殿下という敬称を持つ者は王族にしかいない。

マックスが王族？

まさか。

待て、王子の名前はなんだった？

第一王子、アロイス。

第二王子、マックス。

「……っ」

叫びそうな口を片手で押さえた。全身ががくがくと震えて、足が縺《もつ》れて転びかけた。

そのときの衝撃をなんと言ったらいいのか分からない。

ただ、滲んでくる視界の中、隣で輝いていた光が、もう手の届かぬ遠くに行ってしまったことだけが分かった。

庭の端に連れて行かれ、石塀に突き飛ばされ崩れ落ちた。なぜこんな仕打ちを受けているのかと疑問に思うことはなかった。

自分がマックスに——王子に対して取ってきた態度を考えれば当然のことだ。知らなかったというのは理由にならない。

一度だけ王城で新年を喜ぶ王族を見たことがあるが、遠すぎて誰の顔もまったく判別できなかった。覚えているのは二人の王子が黒髪だったということと、第二王子が自分と同じ六歳だったということだけ。

「騎士となる者、王子にお怪我をさせた罰は受けねばならない」

「はい」

片膝をつき、こうべを垂れた目の端に、他の修道士やイグナーツが集まって来るのが見えた。

修道院に護衛騎士がいる特異な状況も、マックスが王子と分かった今では不思議に感じない。

騎士が鞘《さや》ごと腰から剣を取る。あれで打たれるのだろうか。

「命は取らない」

「はい」

観念して目を瞑《つむ》った。恐ろしさよりも悲しさから閉じた瞼に涙が滲んだ。

もうこれまでのようにマックスといられない。

出会ったときから片時も離れなかった、ずっと一緒にいると思っていた、友。

ひゅっと剣が振り上げられ、すぐに何かが打ちつけられる音がした。

「殿下！」

その音に護衛騎士の叫びが重なり、思わず閉じていた目を開けた。

剣が振られただろうに痛みを感じないことに混乱する。瞬きながら、恐る恐る顔を上げると、目の前に真っ白な修道服の背中が見えた。

「いいか、ミランは俺の大事な友人だ！　ミランを傷つける者は俺が許さない！　この命令を破った者はその場で騎士の任を解く！　分かったか！」

これほど激昂したマックスを見たのは初めてだった。

彼は無闇に権力を振りかざす男ではない。その彼がこうして、持てる力のすべてを使って自分を助けようとしてくれている。

「仰せのままに」

主を打ってしまった騎士が慄《おのの》いたように膝を折る。駆け寄って来たもう一人の騎士も膝をつき、何も言わずに頭を下げた。

命ずる宿命を背負った背中に数々の思い出が浮かんでは消える。

歯を見せて笑うマックス。護る仲間がいると言った真剣な横顔。汗を流して二人で駆け抜けた、森の中の輝く時間。

それらはどれだけかけがえのないものだったのだろう。

彼と目にするすべてが美しかった。彼のことがこれほど愛しいのは憧れからだと思っていた。

そうではなく恋だったのに。

彼をこんなに愛していたのに。

夢見た未来は来ないのだと、そう教えられて初めて自分の本当の気持ちに気づいた。

誰よりも近くにいたかった。

ともに笑い、ともに泣き、きっと本当は彼のことを力いっぱい抱き締めたかった。

「マックス殿下」

膝をついたまま呼びかけると、マックスが勢いよく振り向いた。目が見開かれ、唇が固く引き結ばれている。

「これまでの数々のご無礼、なにとぞお許しください」

怒りとも悲しみとも取れる形に歪んだ顔を見ているのは辛《つら》くて、深く静かにこうべを垂れた。

大事な友人と言ってくれた。

まだ騎士にもなっていないただの子供を。

それだけで十分だった。もうそれ以上王子に望むものなどなかった。

「殿下から頂戴したご恩は決して忘れません。王城に上がりました暁には、我が命を懸けて一生殿下をお護りいたします」

　大地を踏みしめる足と、彼の影がくっきり見える。マックスの瞳の代わりに、これから自分は幾度となくこれを見ていく。

「ミランっ」

「はい」

「俺はっ」

　そこで言葉が途切れて長い沈黙が続いた。

　しばらくして「分かった」と言うなり、マックスは踵《きびす》を返して去って行った。

　マックスはそのまま修道院からいなくなった。

　王城に帰ったのだと、最初からマックスが王子であることを知っていた院長とイグナーツからのちに教えられた。

　その晩、一人になった部屋で、声を殺して朝まで泣いた。

　胸を掻き毟《むし》る痛みというのを初めて知った夜だった。

　翌年の春、二人は王城で再会した。

　通常は十八歳前後で叙任されるところ、ミランは登城と同時にマックスから刀礼の儀を受け彼の騎士となった。

　それから三年、従騎士の如《ごと》くマックスに仕えたが、二人が十七になった年、ベルトゥルフとグンドルフが戦を開始、間もなくリヒタルフもベルトゥルフに加勢する運びとなった。

ミランは十八を待たずに近衛騎士に昇格し、マックスの盾となるべく、ともに戦場に出て行ったのだ。


「なんだ、満月を見たのか」

顔を合わせるなり、マックスが瞬きながら問いかけてくる。

弁解のしようもなく頭を下げると、金の毛が生えた自分の手と尻尾が目に入り、益々《ますます》気が滅入った。

「申し訳ございません。うっかりいたしました。昼には泉に行ってまいりますので」

「謝る必要はないが。何、お前にしては珍しいと思っただけだ」

満月を見なければ半人半獣になれないというのは、言い換えれば満月を見たら強制的に変身してしまうということだ。人間に戻るにはクヴェラと呼ばれる泉の水で体を流さなければいけないため、望まぬ者は満月を見ないよう気をつけなければならない。

半人半獣でも護衛に支障はないが、狼の爪がある手ではヴィオリーナを弾けない。ゆえに、ミランはこれまで極力満月を見ないように注意してきた。

けれど、昨晩は寝つけなかった上、満月ということさえ頭からすっぽり抜け落ちていた。

遠く、皓々《こうこう》と静かに輝いていた蒼い満月。

寝床から身を起こし、窓から滲む月を見上げた瞬間、全身が金の毛に覆われ、頭が狼に変わっていた。

「面目ありません」

せめて護衛中だけはやわな自分を隠したい。

詫びを繰り返すと、マックスは苦笑しながら一歩を出した。

「構わないと言っただろう。さあ行くぞ」

「はい」

昨夜祝宴があったのが嘘のようにマックスは普段通りだった。

今朝方の通達によると、今日の昼にはマックスの「運命のつがい探し」の触れが王都に出回るそうだが、ミランはつがい探しに関わることなく、今日もマックスの護衛をする。

だが、マックスとミランの行動が変わらずとも、城内はつがいを迎える準備で目に見えて浮き立っている。ミランにとっては悪夢のようでも、事態は着々と進んでいるのだ。

王都の聖堂で民の話を聞き、そのあと農村に向かった。

マックスの主な公務の一つに、戦禍を被《こうむ》った土地の復興がある。王都が壊滅的な打撃を受けることはなかったものの、土地を失い、家を失ったのは、何も国境に暮らす民だけではない。

まだまだやることは多い。皆が安心して暮らせる平和な国作りを、というのがマックスの口癖だ。

その日は農民から耕作の状態を聞き、河川の水質を確認して帰る手筈《てはず》だった。しかし、帰り道で泥沼にはまっていた農耕馬を見かけたマックスは、ミランがやると言うのもきかずに自ら手綱を引いて馬を沼から引き上げた。

「汗をかいたな」

農民が汲《く》んできた水で手を洗い、マックスが汗に濡《ぬ》れた前髪を掻き上げると、滑らかな額と濃くくっきりとした凛々《りり》しい眉が露わになり、ミランは微かに酩酊《めいてい》したような心地になった。

「急ぎ戻りましょう。湯浴みの用意をさせます」

己の慢心を叱咤《しった》しながら言うと、マックスが口角をふっと上げ、おもむろにミランを横目で見てきた。

「いや、クヴェラに行こう」

意外な提案に瞬いた。

「クヴェラ、でございますか？」

「そこで汗を流す。お前も行く予定だったんだ。ちょうどいいだろう？」

確かに行かなくてはいけなかったが、護衛中にマックスと行くとは思っていなかった。

ミランの返事を待たずにマックスが颯爽《さっそう》とラズールに跨《またが》る。馬上から笑顔で見下ろされ、ミランに否《いな》とは言えなかった。

幸いにも帰りの道中にクヴェラはあった。

クヴェラは国中の至るところにあり、小池ほどの大きさのものが多い。なぜその水で体を流すと人間に戻るのかは分かっていないが、日光と同じ黄金《おうごん》色の水が満月の光を流すのだと言われている。

後方に林、前方に平原を臨むクヴェラの畔《ほとり》で、二人は馬から下りた。ミランが二頭の馬を日蔭に繋ぐ傍らで、マックスが次々と服を脱いでいく。

梢《こずえ》と湖畔の葦《あし》のそよぎ、小鳥の鳴き声だけが辺りには響いている。

すぐに聞こえてきた微かな水音に、ミランはヤスピスの方を向くと、マックスに不自然に思われないよう、馬にかけられた彼の服を丁寧にたたんだ。

マックスの裸身など、修道院での清拭を最後にもう何年も見ていない。

駄目だと思うのに水浴びする彼の姿が頭に浮かぶ。広い肩から締まった腰にかけてのしなやかな線、流麗に動く筋肉、日に灼《や》けた肌や、浮き出るような背中の紋や、水に濡れてうなじに張りつく黒髪。

「ミラン」

呼ばれ、咄嗟《とっさ》に彼の方を見ると、膝まで水に浸《つ》かったマックスが、こちらに向かって手を伸ばしていた。

「何をしている。早く来い」

勝手な想像など一瞬にして吹き飛んだ。

二十五になった彼の肢体は予想を遥かに超えて雄々しく、見たのは一瞬のはずなのに、厚い胸板も、割れた腹も、その下の黒々とした叢《くさむら》も、頭から消えてくれない。

「……ただいま参ります」

腹の底の疼きをこらえながら、狼の顔で助かったと心底思う。人間だったら赤らんでいただろう顔を俯《うつむ》けながら、マントに続けて上着を取った。言えるのなら今からでも否と言いたい。四つ足の狼のときには元より全裸で、裸を見られる羞恥心はないが、彼の前で欲望が芽吹いたらと思うと平気でいられない。

全裸になり、マックスから距離をあけて、クヴェラの中に足を入れる。深瀬に進み、つむじまで浸かると、即座に水の中を金色の髪が泳いだ。クヴェラの水で体を拭くだけでも人に戻れるが、やはり全身を浸けた方が早い。

「ふ……」

水面から顔を出し、濡れた髪を両手で掻き上げながら頭の形を確かめた。もしも狼の耳だけ残っていたらと危惧したが、そんな無様な姿は曝していない。

「美しいな」

安堵し、畔に向かって膝の辺りまで水から出たとき、マックスが呟いた。

魚か、鳥か、何かが目に留まったのだろう。

しかし、振り向いて目にした彼の視線は、ミランにまっすぐ向けられていた。

「久しぶりに金狼を見たが……やはり美しいものだ」

細められたマックスの目に、冷たい水に浸かった体がかっと熱くなる。

マックスから言葉にされたのは初めてだが、整った顔立ちだと言われたことはこれまでにも何度かあった。整いすぎていて冷たそうだ、と。

なんにせよ、護衛に役立たない外見に興味はなく、それらの言葉を真に受けたことはなかった。それでも彼の嗜好《しこう》に合うならこれほど嬉しいことはなかった。違う。マックスは「金狼」と言っただけだ。ミランを美しいと言ったわけではない。

背中にマックスの強い視線を感じる。体が火照ったせいか、首にかけた銀の鎖を冷たく感じた。

剣を置き、騎士服を脱いでも、先端に銀の牙が下げられたこの鎖を身から外すことはない。

牙の部分にマックスの名が彫られた、マックスの近衛騎士という証の銀鎖。

ヴィオリーナにも首飾りにも、自分の持ちものにはマックスのものだという印が幾つも刻まれているのに、ただこの体にだけ、彼のものだという証がない。

「見苦しいものをお見せしました」

本当に、見苦しい。

マックスにほんの少し褒められただけで、ありえないほど心が乱れている。

「あっ」

動揺が体に出てしまったのか、畔に向けて出した足を、水底に取られた。

「ミランっ」

足が滑って体が斜めに傾いていく。水底は岩ではないが海のような砂でもない。

体が打たれる衝撃に備え、きつく瞼を閉じ合わせた。

だが、背中に当たったのは冷たい水面ではなく、弾力に富んだ温かな何かだった。目を開け、背後から回された二の腕に気づき、慄く。

「も……申し訳ございませんっ」

「大丈夫か？」

耳元で囁《ささや》かれ、肌が粟立《あわだ》った。

「大丈夫です。大変失礼をいたしました」

腰を抱き締める腕が逞《たくま》しい。少年期は似たような体格だったが、十八を過ぎる頃には肩も胸もマックスの方が一回り厚くなっていた。ミランも騎士として恥ずかしくない体をしているが、マックスと比べるといかんせん見劣りする。

「ミラン」

「はい」

身動《みじろ》ぎできずにいると、ふとマックスが声を潜めた。

「お前は……運命のつがいをどう思う」

突然の問いに、心を見透かされたのかと肝が冷えた。

彼はこちらの本心に気づいていて、邪心を抱く近衛騎士を内心煩わしく思っているのではないか。

（嫌だ……）

マックスに裏切り者と思われるのはたえられない。王家の意思に背く者と見做《みな》され、騎士の任を解かれるなら死んだ方がましだ。

「素晴らしいことだと思います。王家の繁栄にとっても、殿下のお幸せのためにも、つがいの方が見つかるよう心より願っております」

気を奮い立たせ、本心だと伝わるように告げると、短い嘆息が返った。

「そう思うか。だがそう簡単にゆくかどうか」

「……と申しますと」

含みのある口振りに辺りを見回す。人の気配はないが、外聞を憚《はばか》る話ゆえに腕を解かないのではないか。

「俺のつがい探しはこれが初めてではないからな。内密にではあるが、それこそ俺が小さな頃から国

中を臣下たちが探してきた。だが俺のような紋を持つ者がそもそもいない。此度も果たして見つかるかどうか」

　明かされた事実に心が揺れた。もし見つからなかったらどうなるのか――見当もつかない。

「ですが、殿下のつがいだと知れば名乗り出る方もいらっしゃるのではないでしょうか。預言があるのですから、必ずどこかにお相手がいらっしゃるはずです」

「そう……だな」

　マックスの鼓動を背中に感じながら頷くと、頷き返したのか、マックスの唇がミランのうなじをそっと掠めた。声音が沈んで聞こえるのは、背負うものが大きいだけに憂いが尽きないからだろう。

　マックスのつがい探しは単なる婚姻ではなく、国の行方を左右する一大事だ。つがいが見つからないのも問題だろうが、見つかったら見つかったで新たな諍《いさか》いも起こりかねない。

「つがいの方は早晩見つかると思われます。ただ」

　昨日の広間での一幕を思い出し、ミランは眉根を寄せた。

「ただ？」

　腰に回された腕に力が入ったが、心を無にして口を開いた。

「憚りながら、昨夜のアロイス殿下の暴言が気になります。私の杞憂《きゆう》ならよいのですが、第一王子派の貴族や側近もおりますし、マックス殿下に危険が及ぶのではと心配でなりません」

　厄介なことに、どれだけ王の度量がなくともアロイスは弱いわけではない。武技に長《た》けているというより、体つきや身体能力が王の純血を立派に引いているのだ。なまじ強いだけに、己に指導者としての力があると思ってしまったのだろう。

「兄上のことか。確かに兄上は何をしでかすか分からないところがあるからな。俺が修道院に入ったのもそもそも兄上から離れるためだったくらいだ」

「そう……だったのですか」

「うむ。俺が城の外を知りたかったというのもあるが、いやがらせというには少々度を越す難事が続いていた。安寧日に城に帰るのが億劫《おっくう》で仕方なかったぞ。しかし、俺はもう幼い子供ではないし、何より血族殺しは王族であっても極刑。許さんからといって、俺を殺《あや》めようとするほど兄上も愚かではあるまい。つがいに害が及ばぬよう、そこだけは気をつけねばならんが、兄上の側近たちは大丈夫だろうとハロルトから知らせも受けている。何、そう案ずるな。これは俺の経験だが、案じていると真になるぞ」

ミランからゆっくりと手を離し、マックスが低く笑う。諦めにも似た、どこかもの悲しさを感じさせる微笑《ほほえ》みだった。

ミランには三つ年の離れた妹がいる。一緒に暮らした年月は少ないけれど、互いに家族として素直な愛情を感じている。

母親が違うとはいえ、血の繋がった兄から憎しみの目を向けられるのがどんな気持ちなのか、ミランには分からない。

「この命に代えても、私が殿下をお護りいたします」

他に言葉もなくそう返すと、マックスはまた溜息をついた。

「俺は頼もしい騎士を持った」

声が水辺の風に消えていく。

頼もしい騎士を持ってマックスがどう感じているのか、それは短い言葉からでは分からなかった。


マックスのつがい探しは難航した。

男女問わず、体に特徴的な痣を持つ者が何人か王城を訪れたが、いずれもマックスの紋様とは似ても似つかないもので、半月が過ぎたとき、つがい相手の居場所や特徴を訊くべく聖山クノルフに使者が送られたが、預言をした大司教にもそれは分からないらしかった。

このままつがいは見つからないのではないか。

ミランばかりでなく、誰もがそう思い始めていた矢先。

翌七月初めの晴れたその日、一人の女性が王城を訪れた。

静かな広間の中、できるだけ優雅な所作を心がけて跪く。

ミランの目に入るのは、マックスの足元ではなく絹のドレスの波打つ裾だ。

「副団長のミラン・エリシュカと申します。我々騎士にとって、マックス殿下の伴侶は主も同然。命に代えてもお護りいたします」

挨拶を終えて立ち上がり、後方に居並ぶマックス騎士団の列に戻ると、次の騎士が一歩前に進んで同じように挨拶をする。

微動だにせず、代わる代わる膝をつく騎士の姿を目の端に映しながら、ミランは心の中で何度も同じ言葉を繰り返した。

大丈夫、うまくやれているはずだ。

マックスのつがい探しが始まってから、この日を迎える準備を少しずつしてきた。

彼のつがいが現れても平静でいられるように。

心を殺して、マックスと相手を護りながら、一生彼の傍にいるために。

「では次にレオシュ騎士団の者たち、ニコラ様にご挨拶を」

ハロルトが相好を崩して告げると、第三王子の近衛騎士たちがマックス騎士団と素早く入れ替わって最前列に並ぶ。

騎士団が対面している中心にはマックスが、隣には緑色の瞳の十八歳の女性がいる。

彼女は些か青褪《あおざ》めていたものの、それは却《かえ》って彼女の人形のような秀でた美しさを際立たせていた。

丁寧にくしけずられた髪は亜麻色で、頬は白く、和毛《にこげ》を纏《まと》った春の新芽のように初々しい。

マックスの運命のつがい、ニコラ・ブロートが王城に現れたのは昨日の早朝だった。

背中に紋があるという彼女はすぐに跳ね橋を通され、その知らせは間もなくマックスに伝えられたが、紋の確認に使われていた客間に向かう間も、彼に急《せ》いていた様子はなかった。

ミランも、おそらくはマックスも、また空振りに終わるだろうと心のどこかで思っていたのだ。

しかし、客間に着いたとき、マックスを待ち構えていたのは嬉々《きき》とした顔の彼の母だった。

誰よりもよく息子の紋を知っており、マックスを欺く心配のない王妃は紋の判別を一任されていて、既に確認を終えていた彼女は、ニコラの紋は間違いなく息子と同じものだと喜び伝えた。

「それにしてもつがいが農民とは、第二王子にはお似合いだな」

国王両陛下とアロイス、マックス、レオシュに仕える近衛騎士全員の挨拶が終わるなり、マックスの傍らにいたアロイスが鼻を鳴らした。

こうして着飾っていると一見貴族に見えるが、ニコラは森に近い農村出身の平民で、叔母夫婦に育てられた戦災孤児なのだそうだ。よく見れば水仕事で手は荒れているし、つがい探しの知らせを耳に入れるまでにひとつき近くかかったことからも、彼女が王都の裕福な館でのうのうと暮らしていたわけでないのが分かる。

「兄上、一つ忠告、いや、警告しておく。俺のことはどう侮辱しても構わないが、俺のつがいを侮辱したら兄上であろうと許さない」

(俺の……つがい)

アロイスの暴言に虫唾《むしず》が走るのに、ニコラを庇《かば》うマックスの言葉にも胸が引き裂かれる。

性懲りもなく消沈しかけたが、いい加減にしろと己を叱った。こんなことで落ち込んでいたらマックスの近衛騎士などできない。これから幾らでもこういう場面に遭遇するのだ。

「そう、ですよ。アロイス兄様。知らない場所に来て不安なのに、そんな風に言ったらニコラ様がかわいそうです」

人知れず剣呑《けんのん》としてしまった目でレオシュを見ると、彼はニコラを見つめて頬を紅潮させていた。

末っ子らしく、レオシュは素直で人当たりもいいが、根は相当頑固で怖いもの知らずだ。黙って人の言いなりになる青年ではないし、純粋であるがゆえに、間違っていると思う相手は若さに任せて糾弾する。

この発言も、表面的にはレオシュの正義感の表れと見て取れる。

けれど、ニコラに向けられたレオシュの陶然とした目に、ミランは不穏な匂いを感じずにはいられなかった。

「警告、ね」

煩わしそうにレオシュを一瞥《いちべつ》し、アロイスがマックスに視線を戻す。そして何を思ってか、アロイスは肩を竦《すく》めておどけるような調子で言った。

「なるほど、では気をつけよう。昨日の今日で早速懸想した弟に噛み殺されたくないからな。まあせっかく見つかった運命のつがいだ。精々楽しくちちくり合うといい」

言い終わるなり高笑いしたアロイスに、マックスと同じくミランも顔をしかめた。下劣な物言いだとしても、アロイスがつがいの存在を認めていることが異様だった。

（何をたくらんでる？）

ひとつき前、この場で杯を床に投げつけたアロイスの激昂は本物だった。今のところ目立った動きはないとはいえ、アロイスがこのまま大人しく引き下がるとは思えない。

余裕とも感じられる笑いを不気味に思っていると、ハロルトが手にしていた杖《つえ》で軽く床を叩いた。

「ではこれにて近衛騎士の顔見せを終わりにいたしましょう。騎士たちよ、二箇月後に無事婚儀が行われるよう、くれぐれもマックス殿下とニコラ様を……」

ハロルトがこの場を穏便にやり過ごそうとしているのは明らかだった。しかし骨折りも虚《むな》しく、アロイスは居丈高にハロルトを遮った。

「ハロルト、婚約の儀はどうなっている？」

皆の視線を受けたハロルトは、淡々とした声で返事をした。

「この週末に行う予定でおります」

「今週だと？　そんな急な話があるか。馬上試合はやるんだろうな」

王族が馬車で王都を走り、各国の貴賓が集まる盛大な結婚式に先立ち、王城で婚約の儀を行うのが王家の慣わしだ。儀では礼拝堂での祈りのあと祝宴があり、通常は終盤、近衛騎士の馬上槍《やり》試合が行われる。

眼光を鋭くしたアロイスに、ハロルトは憮然《ぶぜん》と目を眇めた。

「そちらですが、マックス殿下と相談しました結果、今回は見送ってもよいのではということになりました。陛下も臥《ふ》せっておられますし、試合を行わずともご婚約に影響はありませんので」

　アロイスは呆れたように天を仰いだ。

「マックス、ハロルト、お前たちはどうしてそうしきたりを無視するんだ？　それとも何か？　俺の騎士相手に自分の騎士がやられるのを見るのが怖いのか？　マックス騎士団も随分腰抜けになったものだ」

　アロイスの騎士たちがドッと下卑た笑いを上げると、マックスの近衛騎士は元より、レオシュの騎士たちも一斉に目を剝《む》いた。

「あいつら……」

　ミランの隣でマックス騎士団長のクラウスが歯軋りする。

　挑発されているのは分かっていても、騎士がコケにされて黙っていられるはずがなかった。

「マックス殿下、恐れながら、通例通り馬上試合を行うことはできませんでしょうか。マックス騎士団長として、腰抜けと言われてこのまま引き下がるわけにはまいりません」

「殿下、私からもお願いいたします」

　クラウスとミランに続き、近衛騎士に揃って懇願され、マックスの口から重く長い溜息が零れた。

「馬上試合が神に捧げる武芸だということを忘れるな。兄上、その旨、兄上の騎士たちにもよくよく言い含められよ」

　マックスが冷めた目でアロイスの騎士を見やる。「兄上の騎士たち」と言うときに声音が変わったのをミランは聞き逃さなかった。

　マックスもアロイスの騎士団を苦々しく思っているのだ。それもそのはずで、今アロイスの周囲にいるのは本来であれば騎士とも呼べないような無作法者ばかりだ。

マックスのつがい探しが始まった直後から、アロイスは代々仕えてきた近衛騎士に暇を出し、どこの馬の骨とも知れない傭兵《ようへい》たちで周りを固めた。

金さえ貰《もら》えばどんな相手でも切る、忠誠心の欠片も持たない下賤《げせん》な野郎ども。

（まさかアロイス殿下はこいつらを使ってマックス殿下の命を狙ってるんじゃ……）

そんなことさせるか、とミランがにやけた顔でこちらを見ている髭面の男をきつく睨むと、アロイス騎士団のその男は益々嘲笑を深め、突然口を開けて尖った牙を見せつけてきた。

（ボリス……と言ったか。煽《あお》ったこと後悔させてやる）

マックス騎士団を、ひいてはマックスを侮辱したことは万死に値する。

馬上試合は神への奉納――婚約の儀までの四日間、ミランはそれを自分に強く言い聞かせなければならなかった。


婚約者たちを祝福しているかのような空の青さに、目を細める。

手綱を持ち直し、握り具合を確かめると、鉄甲で覆われた指がかちゃりと音を立てた。

「どう、どう、ヤスピス。まだだ。焦るな」

向こう側に並び始めた馬に反応し、ヤスピスが興奮したように鼻先を小刻みに振る。兜《かぶと》を被り、全身を甲冑で覆ったミランを乗せているばかりでなく、ヤスピス自身も鎧をつけているので負荷は相当なはずだが、彼に尻込みしている様子はない。

ヤスピスは美しく躾《しつ》けられた軍馬だ。戦いの匂いに怖《おじ》気《け》づくどころか闘志を激しく燃え立たせる。

自分もヤスピスと同じなのだと思いながら、ミランは彼の首を軽く叩くと、遠くにいるマックスに向かって視線だけを動かした。

安寧日の前日のその日、マックスとニコラは朝のうちに司教の祝福と祈りを済ませて無事婚約者同士となった。

広間での賑やかな昼餐ののち、宴の場は中庭に移され、いよいよこれから馬上槍試合が始められようとしていた。

警備が手薄にならないよう、レオシュ騎士団は参戦しないので、今日対戦するのはマックス騎士団とアロイス騎士団。

王宮を背にし、長卓についているマックスはいつにも増して真摯な顔つきをしており、隣に座るニコラも背筋をぴんと伸ばして小さな唇を引き結んでいる。

上品で、清楚《せいそ》で、どこから見ても似合いの二人だ。

自分はこれから彼らの婚約を祝すために剣を交わす。

「敵を前にしてよそ見たあ、随分余裕なこった」

正面に目を戻すと、胡乱《うろん》気《げ》な目つきのボリスが唾をぺっと吐き捨てた。彼は今日も下卑た笑いを浮かべており、くちゃくちゃと音を立てて匂いの強い草を噛んでいる。

「余裕なのはどちらだ。お前、王城の中庭を汚したこと忘れるなよ」

ミランが勢いよく面覆いを下ろすのに合わせ、マックス騎士団長が号令をかけて皆を陣地の奥に下がらせた。

馬の色に定めはなかったが、真紅のマントを纏ったマックス騎士団は白馬、濃紺のマントのアロイス騎士団は鹿毛と見事に分かれている。

ボリスが騎士団長役なのか、彼が指揮を執ってやはり団を下がらせると、戦いの前の緊張が形となったかのように、数多《あまた》の鎧がぎらつく光を一斉に放った。

試合を始めるべく、宰相のハロルトが立ち上がる。

合図を待っていると、隣に控えたヤンがこそりと耳打ちしてきた。

「ミラン様、やつらの槍、何かおかしいです」

ヤンは体が大きく、将来有望な従騎士だが、何せまだ十七歳だ。実際の戦に出たことは一度もなく、王城でのこうした試合も今日で二度目。

「分かっている。いいか、ヤン。無理をして敵の懐には絶対に入るな。実戦ではなく武芸で死ぬのは恥だと思え」

緊張した目つきで頷くヤンを横目に、ミランは手綱を握る指に力を込めた。

実際のところ、打ちどころが悪くて武芸で命を落とす騎士はいるし、それが恥となるわけでもないが、わざと矜持《きょうじ》を揺るがす強い言葉を使ったのは、ここでヤンを亡くすわけにはいかないからだ。

馬上試合は槍で突き合い、武器を落としたり馬から落ちたりした方が負けだが、当然相手を傷つけることが目的ではない。

だが、ボリスたちから漂ってくる匂いだけで分かる。

「では、マックス殿下とニコラ様の婚約を祝し、王宮騎士団による馬上槍試合、始め！」

これは、戦だ。

「騎士団長クラウス、お前の首は俺が貰う！」

「黙れ外道！」

「覚悟しろこわっぱが！」

待っていたとばかりに、むくつけき男たちが槍を構えて突進して行く。たちまち雄叫《おたけ》びが錯綜《さくそう》し、鉄の塊が激しい音を立てて中庭の中心で激突した。

前足を上げて馬が嘶《いなな》き、無数の槍が入り乱れる。打ち落とされて呻《うめ》く騎士。罵声。怒号。血しぶき。

「ミラン様、こいつら実戦用の槍を持ってますっ！　先を粘土で隠してるだけで、実戦用ですっ」

「なぎ払え！　いったん距離を取るんだ！」

「うわあっ！」

「ヤン！」

防御しき切れず、ヤンが馬から落とされ腕に槍を突き立てられた。

落馬した者は狙わないというのが鉄則だが、正論が通じるはずもなく、尚もヤンに向かって鋭い穂先が振り下ろされる。

「このっ……」

ヤンを狙った敵を倒し、ミランはそのままヤンに近づこうとした。

遠目のせいか、ハロルトたちが槍の不正に気づいている様子はない。ならばこうしてヤンを庇いながら試合終了を待つだけだ。

「どこ見てやがるミラン・エリシュカ。お前の相手は俺だ」

だが、駆けつけようとした体の前に突然槍が振り下ろされた。それを巧みに避《よ》け、ヤンの前にクラウスが走ったのを見届けてから、ミランはボリスをきつく睨みつけた。

先日まで一面識もなかったはずだが、ボリスはミランを標的としたようだ。

「なぜお前が私を目の敵にするのか知らないが、そう言うなら相手をしよう。あとで泣くなよ」

悠長に穂先を天に向けてボリスが喉奥で嗤《わら》うと、刺激的な匂いが更に鼻についた。ボリスが嚙み続けている草は一種の興奮薬で、後ろ暗い界隈《かいわい》では催淫にも使われているものだ。

ボリスは兜の奥からミランを淫靡《いんび》な目つきで見た。

「俺たちが勝ったらアロイス殿下からお前を好きにしていいと言われている。たまんねえな。お綺麗な騎士様の穴にぶち込んで、メスみたいにひいひい泣かせるのを考えるとぞくぞくする」

「下衆《げす》が……！」

ミランたちが持っている槍の先端は丸く、鉄の鎧を突き抜け相手を貫くことはない。だからこそ一《いち》分《ぶ》の遠慮もなく、ミランはボリスの心臓目掛けて槍を打ち込んだ。

穂先が当たる直前にボリスが身を躱《かわ》し、槍を振り上げ反撃してくる。それを盾で払いながら次の攻撃を繰り出し、同時にヤスピスを駆って間合いを詰める。

ボリスの脇腹を掠った槍を腕で挟まれるが、力で強引に取り返す。打って、払われ、躱して、突く。

（こいつ……なんだ？）

　大口を叩くだけあって、ボリスの攻撃は重くて速いが、強いだけでは納得できない不気味な力を彼から感じた。

「ミラン・エリシュカ、とどめだ！」

　豪語しながらボリスが槍を頭上に掲げる。目を見開き、手綱を強く引くと、ミランは急いでボリスから距離を取った。

　これは槍を投げる構えだ。帯剣している実戦でこういった戦い方があるとはいえ、今この場で槍を手放すことは自ら丸腰になることを意味する。

（正気か！）

　ボリスの肩が唸り、彼の手から槍が離れる。

「なっ……」

　向かってくると思った槍は、しかしミランの脇を過ぎて一直線にマックスに向かった。

「殿下！」

　距離はあるのに槍の勢いは衰えない。

　名を呼びながらマックスに体を向けたが、その間にマックスは立ち上がり、腰の剣を引き抜き素早く長卓を飛び越えた。

　剣が下から上に向かって疾風のように振り上げられる。彼は着地するよりも早く、槍の穂先を剣で二つに砕き落とした。

「やめ！　やめよ！　そこまでだ！」

ハロルトの声で異変に気づき、騎士たちが次々動きを止めた。

「殿下っ」

止まった馬の狭間《はざま》で身動きが取れず、ミランはヤスピスから飛び下りマックスに向かおうとしたが、次の瞬間、駆け出そうとした背中に強く何かを打ちつけられた。

「ぐっ、う……」

不意を衝かれて前に倒れ、反動で切った口の中に血の味が広がる。だが唇の痛みよりも、鎧の上から踏まれた圧迫感に呻きが漏れる。

腹ばいの屈辱的な体勢で顔を横向け、ミランは背中を踏んでいるボリスを睨みつけた。

迂闊だった。面覆いを上げたボリスの口は薄ら笑っているが、目は少しも笑っていない。

何が「泣かせるのを考えるとぞくぞくする」だ。

あんなやり取りはミランの意識を攪乱《かくらん》するための茶番に過ぎず、ボリスの狙いは最初からマックス一人だったのだ。

「試合中に敵に背中を向けるたあどういう了見だ？　マックス殿下の騎士ってのは随分寝ぼけてんだな」

「貴様っ、何が試合だ！　殿下を狙った罪……ただで済むと思うなよ」

「俺がいつ殿下を狙った？　ちいと狙いは外れたけどな、俺はお前と戦ってただけだ」

ボリスの足を振るい落として立ち上がり、狼に変化しそうな自分をこらえた。

今すぐこいつの喉笛を噛み切ってやりたい。こんな日でなければ正式に決闘を挑んでいるところだ。

マックスに槍を向けるなんて、本来であれば極刑だ。しかし何を言ってもボリスは言い逃れるに違いない。仮に罪に問えたとしてもアロイスが恩赦を施すのは目に見えている。そこまで計算して事を起こしたのだろうし、それを事前に見抜けなかったのはこちらの落ち度だ。

「ボリス……これで勝ったと思うなよ」

だがこれではっきりした。

アロイスは王位を諦めてなどいない。

彼は自分の手を汚さずマックスを葬るつもりなのだ。

「お前たちがどんな手を使ってこようと私は命を懸けて殿下をお護りする。金で繋がっているだけの俄か騎士など私は恐れない。首根っこ洗って待っていろ」

「負けた狼の遠吠えとはこのこった！」

笑うボリスに背を向けマックスの元に向かう。腸《はらわた》は煮えくり返っていたが、これ以上ボリスに構っていられなかった。

早急に対策を練らなければいけない。

王位継承権が動く前にアロイスは必ずマックスを暗殺しようとするだろう。

マックスとニコラの正式な婚姻まであと二箇月。

戦は始まったばかりだった。

気が立っている自覚があったからこそ、ごく柔らかな音が出るよう努めた。

今晩マックスが望んだのは、「ニコラの緊張がほぐれるような曲」だ。

昨日の馬上試合でマックスを危険に曝したばかりでなく、ニコラにも怖い思いをさせたことが心苦しくてならない。

情けないにもほどがある。「武芸というのを忘れるな」と忠告されていたのに、それを失念して挑発に乗り、冷静な判断を欠いた結果があれだった。

部屋にはマックスとニコラが並んで座る他、彼らの侍従も傍らに控えている。運命のつがいが無事見つかったため、もうヴィオリーナに刻まれたマックスの紋様を隠す必要はなかった。

音に意識を集中し、弓毛《ゆみげ》に映る影をひたすら目で追い続ける。

しばらくそうして心を遠くにやっていたが、扉が叩かれる音にはっとした。

「マックス殿下、恐れ入ります。朝議の件で至急ご確認いただきたいとハロルト様がお呼びです」

使者が告げるそばからマックスが立ち上がり、ミランも遅れず脇に退《の》いて頭を下げた。

「では私はこれにて失礼いたします」

マックスは即座に「いや」と言った。

「すぐ戻る。今日はもうしばらく弾いてくれないか」

何かを訴えるような声に意図を悟る。

ニコラは音楽が好きなのかもしれない。彼女をもう少し癒やして欲しいということだろう。

マックスがどれだけ彼女のことを気にかけているのかは、今朝の彼の発言からも知れた。

故意でないにせよ、マックスに槍を向けたことで禁固刑を言い渡されたボリスは、日が変わる前にアロイスによって釈放され、また彼の護衛に収まった。実戦用の槍を使った罪で放逐された傭兵たちも、単に他の傭兵に変わっただけという事態を受け、今日の朝議のあと、マックスを含めて騎士団の主要な者たちで話し合いが行われた。

　次にどんな手を使ってくるか分からない。先手を打って攻撃すべきだとクラウスは主張したが、まだアロイスは王位継承権第一位であり、迂闊に手を出せば謀反と見做され断頭されるとマックスは反対した。

　先方が正面から戦いを仕掛けてこない限りこちらから攻撃することはできない。口惜しいが、今は護りに徹するしかないというのがマックスの結論で、彼は「何よりニコラを護ることを優先してくれ」と話を締め括った。

　彼女を怖がらせないでくれ、と。

　粗暴な騎士たちがニコラを怯《おび》えさせた。

　近衛騎士は怖いという印象を拭うのも騎士の——ミランの役目だ。

「かしこまりました。ではニコラ様にお好みの曲をお尋ねするご無礼をお許しください。殿下がお戻りになるまで精一杯弾かせていただきます」

「……頼む」

　マックスが出て行ったあと、ニコラに向き直って問いかけた。

「ニコラ様、どんな曲がお好みでしょうか。静かなものや明るいものなど、どうぞなんなりとお申しつけください」

ニコラの緊張が伝わってきて、ミランは黙ったまま返事を待った。

「あの」

ややして、ニコラのか細い声が聞こえた。

「お決まりになりましたでしょうか」

焦らせないようゆっくり尋ねると、ニコラは不安そうに胸元に手を置いた。

「いえ、ちょっとお訊きしたいことがあって……。ミランさん、でしたね」

名前を呼ばれたことに驚きながら、マックスの侍従に目配せした。

他の獣人に比べて、狼の男たちはひときわ嫉妬深い。自分のつがいは自分のものであり、他の男の気配を何より嫌う。

こちらから不要な言葉はかけられないが、果たしてニコラから求められた場合はどう対処したらいいのか。

侍従が無言のまま頷いた。会話を続けてもよいという合図だ。どの道話した内容は侍従を通してマックスに伝わるので、誤解される心配はない。

「どうぞミランとお呼びください。ご質問はどのようなことでしょうか」

ミランが答えると、ニコラはほっと息をついた。

「あの、騎士の方にこんなことを訊いて失礼だったらすみません。でも、ミラン……さんは、そんな剣をいつも持っていて怖くないんですか？　私、こんな小さな剣でもずっと身につけているのが恐ろしくて」

騎士が長剣を佩《は》いているのは当然として、王城では王族や貴族、彼らに仕える侍従たちも小さな剣を常に携えている。

護身用だが、有事において死にかけている仲間を黄泉《よみ》の国に渡す用途もあるため、ひとくちに『慈悲の剣』と呼ばれている小剣だ。

城に入ったときニコラにもその剣が与えられている。刃物に触ったことがないわけではないだろうが、農村で暮らしていた者が突然の帯剣を恐れるのも無理はない。

「私は騎士ですので……剣は恐ろしくありません」

少年期の自分が脳裏を掠めたが、すぐに消した。

「憚りながら、剣を恐ろしく感じるのは、扱い方をご存じないからです。我々は剣を武器としているだけに、どうすれば相手に打撃を与えられるのか、どうすれば己を護れるのかを知り尽くしています。使い方を間違えれば己を傷つけるということも。ニコラ様のご心配もごもっともですが、鞘から抜かなければ剣に危険はございませんし、実際のところニコラ様が剣を抜く機会もないと思われますので、あまり不安に思われなくともよろしいかと存じます」

しばらくしてニコラは呟いた。

「剣の使い方を知らないから……」

反芻《はんすう》の意味が摑めず首肯ができない。単なる繰り返しにも聞こえたし、剣が使えないと言われたことに対する反発にも聞こえた。

剣に明るくないニコラを侮ったとでも思われただろうか。

誤解は避けたく、弁解を口にしかけたとき、ニコラが続けた。

「あの、じゃあ、ミランさんに剣を教えていただくことはできませんか。私、ここのこと何も分からなくて、でも少しずつでも覚えたら、もっと慣れるかもしれないので」

声はたおやかだが話し方に芯がある。思わず見てしまった瞳からもここの生活を受け入れようという覚悟のようなものを感じた。

「ニコラ様……」

ニコラの前向きな姿勢に感銘を受けたのだろう、侍女が微笑みながら目元の涙を拭う。

どれだけ華やかに見えても王城の生活は苛酷だ。特に王子のつがいともなれば様々な重しを背負わされる。

作法、しがらみ、重責、嫉妬、夫に先立たれたときの国の舵《かじ》取り。それらを貴石や刺繍の服で隠し、王家の子女たちは優雅に微笑む。

たった数日ともにしただけで、侍従たちはその子女の素質をニコラに見たのだろう。

彼女は抗《あらが》えない運命に黙って身を委ねている女性ではない。彼女にはきっと、マックスと肩を並べてこの国を導いていく強さがある。

みっともなく過去にしがみつき、いつまでもマックスを諦められない自分とは違う。

「申し訳……ございません。殿下のお許しがないことには、私からはなんとも」

身を護る術《すべ》を覚えるのは悪くないと思えども、ミランの一存では何も決められない。

事実を歯切れ悪く伝えると、ニコラは「じゃあ殿下に訊いてみます」とはにかみながら答えた。

マックスはニコラの望みを叶えるだろう。これから先彼女の願いをすべて叶えようとするだろう。

狼の男は束縛する分つがいを溺愛《できあい》する。

頭を下げながら、自分の想像に気落ちしていると、扉が叩かれた。

「失礼いたします。レオシュ殿下がお見えになられました」

マックスは不在だが、要件も聞かずに王子を追い返すのは無礼だ。

知らせを受け、マックスの侍従が入室を許可すると、すぐにレオシュが入って来た。

「兄様、失礼します。今日の朝議の件ですが……あれ？」

レオシュは立ち尽くすミランを見て瞬いたが、ニコラを認めてすぐに頬を赤く染めた。

「これは……ニコラ様。ミランのヴィオリーナを聴かれていたんですか？　兄様は一緒じゃないんですか？」

「殿下はハロルト殿に呼ばれて執務の間に行かれておいでです」

答えたのはニコラではなくマックスの侍従だ。警戒心を滲ませた硬い口調にも臆さず、レオシュはニコラに話しかけた。

「あ、この花、昼間摘んでいたものですよね。母上も喜んでいました。ほら、母上は娘が欲しかったのに息子だけだったから、花を摘んでもらえるなんて嬉しいって」

円卓の小花に目を留めながら、ニコラの隣に座ったレオシュを見て眉をひそめそうになる。辛《かろ》うじてマックスの席ではないだけで、実弟でなければ甚《はなは》だ遺憾な席だ。

マックスとレオシュの絆《きずな》は深い。姉となるニコラにレオシュが好意を抱くのはむしろ喜ばしいことだ。

けれど、レオシュの瞳は姉となる相手に向けられるものだろうかと、ミランは俄かに不安になった。

（気のせいならいいが）

それとも、こんな邪推をするのは自分に歪んだ思いがあるからなのか。

目を伏せて雑念を払おうとしていると、レオシュに呼ばれた。

「ミラン、『すみれの妖精は春に舞い』は弾ける？」

「……歌えませんが、旋律だけでしたらなんとか」

「曲だけでいいよ。僕が歌うから大丈夫」

宮廷楽士が作った曲ではなく、巷間《こうかん》の吟遊詩人が作った甘く華やかな恋歌だ。民が口ずさんでいるのをミランも何度か聴いたことがある。

「ニコラ様、この歌知ってますか？　僕すごく好きなんです。ニコラ様もお好きだったらいいんですけど」

「私もとても好きです。レオシュ殿下に歌っていただけるなんて……光栄です」

ミランの演奏に合わせてレオシュが歌い始める。

甘く透き通る声音に微笑んでから、ニコラは聴き入るように目を閉じた。

諦めろ。諦めろ。

剣を振るたび心で唱える。

他にどうすればいいのか分からずひたすら剣を振り回した。

何をすれば諦められる？　どうすれば忘れられる？

ずっとこんな思いを抱えていくのか。彼らを裏切り続けていくのか。

この迷いが馬上試合での失態を招いたのかもしれない。

己に打ち勝つ強さが欲しい。強くならなければ彼のことを護れない。

いっそ、我が身を切るように、この心を切り捨ててしまえたらよかった。

「……ン、ミラン、ミーラーン」

はっとして振り向くと、楽器の木箱を持ったラファが篝火《かがりび》の隣で片手を上げていた。

「ああ、ラファ。どうした」

息を整えながら鞘に剣を戻し近づいたミランに、ラファは杯を呷る仕草をした。

「いやあ、久しぶりにどうかと思って」

片目を瞑った友に張っていた気が抜けたが、すぐに首を横に振る。時折居心地のいい酒場でラファと音楽の話をするのがいい息抜きになっていたが、今日はそんな気分になれなかった。

「すまない。今は何が起こるか分からないし、飲む気分でもないんだ」

「あらま、そりゃ残念」

「悪い」

ラファはしつこい性格ではないので一度断ればすぐに引く。

今日もこのまま終わるかと思ったが、予想に反してラファは続けた。

「んー、じゃあさ、ミランは飲まなくていいから、工房であたしが飲むの付き合ってくんない？」

ラファがこんな風に言い重ねてくるのは珍しく、つい顔を窺った。飲むというのはただの口実で、もしや何か話があるのではないか。

「それなら問題ない。今行ってもいいのか？」

「もちろんいいよ。じゃ、行くか」

ヴィオリーナのことに限らずラファには随分世話になっている。

何かの役に立てればいいがと思いながら、ミランはラファと並んで夜の中庭を横切って行った。

工房に着き、ラファが蠟燭に火を灯《とも》すと、作業台の上のヴィオリーナがぽっと暗闇に浮かび上がった。ちょうど表板に装飾を施していたようで、花と蔓《つる》の美しい模様に目を引かれたが、それによって否応《いやおう》もなく、マックスの背中の蒼い円環を思い出した。

「ほい。ただの茶だけど」

忘れたい。

「ありがとう」

忘れられない。

椅子に掛け、寸胴《ずんどう》の杯を受け取ると、稽古で擦り剝けた手の平に熱が沁《し》みた。向かいに座ったラファの手には湯気の立たない銅製の杯があって、そこからは豊かな桑の実酒の匂いがした。

「その模様いいだろ。もう少しで完成なんだ」

ヴィオリーナに顎をしゃくったラファに、頷く。

「ああ。蔓の曲線が上品で綺麗だ」

「よかった」

ラファは満足げに笑い、杯を傾けたが、続けて物騒な言葉を口にした。

「呪いが入っているようには見えないだろ？」

ミランが息を呑《の》むと、大きな笑いが返った。

「なんて、冗談だ。あたしにそんな力なんてない、っていうより、あたしは呪いなんて信じちゃいない」

「『呪いのヴィオリーナ』か。面白くない話だ」

いつともしれない古い異国の話だ。一挺《ちょう》のヴィオリーナを手にした人々がこぞって謎《なぞ》の死を遂げた。なんでも装飾に呪いが込められていたとかで、今その楽器は弾かれることなくその国の王宮深くに眠っているという。

「まあねえ。ただ一度見てみたい気はするんだよな。呪いなんてのは嘘っぱちで、そのヴィオリーナに魅入られたやつらが弾きすぎて憔悴《しょうすい》死したって説もあるだろ。それほど人を狂わす美しきヴィオリーナ、見てみたいねえ」

いい楽器を作るにはいい楽器を見るに限るというのがラファの持論だ。作る才能と同じくらいラファには審美眼、鑑識眼があり、楽器を一目見ただけで「これはギルベルト・ベルトローニの十九歳のときの傑作だ」などと言ったりする。

「ラファ。亡くなった方に失礼だと思う」

「へーへー」

窘《たしな》めたミランに生返事をし、ラファはまた杯を傾けた。唇についた液体を舐《な》める顔は嬉しそうで、どこにも暗い影はない。

何か憂いがあると思ったのは気のせいか。

「ラファ、最近何かあったか？」

半ば脱力しながら尋ねると、案の定ラファは首を傾げた。

「何かって？」

「いや、工房でなんて珍しいから、てっきり何かあったのかと」

言った途端、ラファは気まずそうにまごまごとした。

「ああ、なんていうか、ミランがあんまり熱心に稽古してるから、ミランこそ何かあったのかな、なんて」

言われてようやくラファの意図が摑めた。

(思い詰めた顔をしていたのは私、か)

平然としているつもりでも、見る人が見れば分かるのだろう。ラファは殺気立っていたミランを心配して声をかけてくれたのだ。

落ちてきた前髪を掻き上げると、つきたくもない溜息が零れた。

今日の昼間、マックスの許しを得てニコラに剣の手ほどきをした。剣の持ち方、急所である喉の狙い方、腕を摑まれたときの外し方といったことだ。

会えば会うほどニコラが純粋で強い心の持ち主なのだと教えられた。奇《く》しくもレオシュが歌ったように、まるですみれの妖精を見ているようで、剣を教えながら「あなたが覚える必要はない」と何度言いそうになったかしれない。

あなたが剣を抜くことはない。あなたのことは必ずマックスが護るだろう。

あなたはマックスのつがいなのだから。

自分には決してなれない、彼の魂の片割れなのだから。

「ま、何かあったのかなんて訊かれても言えないよな。あ、そうだ。この前できあがったやつがあるんだ。ちょっと聴いてくれないか」

ラファがさっと話題を変える。気晴らしになればとでも思ったのだろう、友の優しさが身に沁みた。

「聴けるなら嬉しいよ。人の音を聴くのは久しぶりだ」

ラファは笑いながら立ち上がり、針金に吊り下げてあったヴィオリーナを手に取ると、ひゅっと狼の耳を出した。

楽器を弾くときだけ、ラファは頭から狼の耳を出す。その方が音がよく聞こえるだけでなく、耳に痛くないかどうかも分かるからだそうだ。人の耳にも狼の耳にも優しい音を出す楽器、それがラファの理想なのだと以前聞いた。

息をするように始まった曲は、月夜の小鳥を思わせる静かなものだった。人を眠りにいざなう小さな囀《さえず》り。ささやかな一日の終わり。

作るだけで弾けない製作者もいるが、ラファの演奏の腕は中々だ。たまにしか練習できないミランなど足元にも及ばない。ラファだけでなく、王宮楽団の奏者もいるのに、それでもマックスに「ミランのヴィオリーナが聴きたい」と言ってもらえるのが、嬉しかった。

「さてと、こんなもんか」

始まったときと同じ自然さで曲を終えると、ラファは楽器を作業台に置いて耳をしまった。

よい音楽は不思議だ。

聴いているうちに緊張がほどけて体を覆っていた殻が剝《は》がれていく。

「ラファ」

「うん？」

椅子に座ると、ラファはミランと視線を合わせた。

「ラファは、運命をどう思う」

前触れなく切り出したのに、ラファはすぐに返事をした。

「運命のつがい、か。大司教の神託ねえ」

ラファでなくとも、この国の民なら誰でもそう推察するだろう。我らが輪転王子は太陽の紋を持っていた。彼の運命のつがいも同じ紋を持っているらしい。預言だ、神託だと、今や国中その噂で持ち切りだ。

「さっき、あたしは呪いなんて信じないって言っただろ」

桑の実酒で唇を湿らせ、ラファは言った。

「それと同じでさ、運命どころかあたしは神託、神ってものをそもそも信じちゃいないんでね。王家に仕えてるミランにとっちゃ不敬かもしれないけど」

　動揺を隠せず頬を強張《こわば》らせた。

「ラファだって王家に仕えているだろう」

　宮廷弦楽器製作者としてあるまじき発言だ。神を信じていないというのはすなわち王家の血筋を否定していることになる。

「相手が王家だから楽器を作ってるわけじゃない。親父《おやじ》の跡を継いだだけで、あたしは楽器が作れりゃそれでいいんだ」

　飄々としたラファの本音が見えない。ぬるくなっていた手の中の杯をミランは覗き込んだ。

「他に……何か信じてるものがあるのか」

　ラファは異端なのだろうか。分からない。

「他にっていうか、あたしが信じてるのはこれだけだね」

　ラファはそう面目そうに言って、口角を持ち上げ鑿《のみ》を取った。

「やったらやった分だけうまくなれる。うまく削れりゃいい音が出る。どこにも疑うものがない。あたしには楽器作りがすべてだ」

　翳《かざ》した鑿を見る目は酒のせいではなく陶酔している。ラファは間違いなく楽器作りに恋をしている。魅入られている。

　返答に窮していると、ラファは続けた。

「ああ、それから、運命って言葉がどうにも気に食わないのはあれだ。『オルログ』には戦争って意味もあるだろ」

　人狼語の『オルログ』には運命と戦争という二つの意味がある。どちらの意味かは文脈によるが、なぜ二つが同じ言葉なのかはミランも知らない。

「確かに同じだな」

　ラファは卓に頬杖をつき、窓の外を眺めた。

「戦争は嫌だな」

　何も答えられなかった。

「やつら、スプルースの森を焼きやがった。あの木からどれだけの楽器ができたと思う？　何十年、何百年もかかって育った木を、やつらは一瞬で燃やしやがったんだ」

　騎士は戦をする者だ。「やつら」の中に自分も入っているのだと思うと、ミランは顔を上げられなかった。

　隣国との戦で飛び火し、焼けたスプルースの樹叢《じゅそう》はまだ元には戻っていない。強靭《きょうじん》な自然の生命力をもってしても、再生まであと数十年はかかるだろうと言われている。

「親父も馬鹿だ。大人しく楽器作ってりゃよかったのに、神のためなんて言って志願兵なんかになりやがって。ミラン、あたしはさ、楽器を作りたいだけなんだ。神だとか運命だとかはいらないから、平和に楽器を作れる世界が欲しいだけなんだよ」

　茶の杯を卓に置き、ミランは両手を組んだ。

　ラファは最初から神を信じていなかったのだろうか。途中で捨てたのなら、いつラファの中から神が消えたのだろう。

——安心して音楽を楽しめる国を二人で作ろう。

不意に、子供の頃マックスと交わした約束が頭に浮かんだ。

ここにもそれを強く望んでいる者がいる。

明日に怯えることのない平和な暮らし。心身の平安。ラファをはじめとする、多くの民の心からの願い。

運命のつがいとともに、マックスはその願いを叶えるために日夜邁進《まいしん》している。

ならば自分がすべきことはなんだ？　自分は何かを忘れていないか？

「ラファ」

額を強く押さえつけた。

どうしてこんなに大事なことを忘れていたのだろう。

「うん」

「君が望む世界を、私も作りたいと思う」

ラファはこそばゆそうに笑った。

「そうか。あたしは『そうなればいい』って言ってるだけだけど、国を護ってるミランだったら何かが具体的にできるのかもな」

「この先自分に何ができるのかはまだ分からない。だけど、今自分がすべきことは分かってる……分かったんだ」

今まで自分はマックスとニコラの二人しか見ていなかった。似合いの二人を見るのが辛くて、なんとかそこから必死に目を逸《そ》らそうとしていた。

けれど、自分は一番大事なものを見落としていた。

この手が護っているのは彼らだけではなく、何より彼らが築いていくこの国の未来だ。

平和な国を作ろうと誓った。彼と一緒に国を護るために立派な騎士になりたかった。

なぜあの約束を忘れていたのだろう。

あの誓いだけは、あの日々だけは、彼が自分一人に与えてくれたものだったのに。

「ラファ……ありがとう。君には助けられてばかりだ」

「助けたって、何かしたかね」

「大事なことを思い出させてくれた。今年も台所を貸してくれた」

ラファが明るい笑い声を立てた。ミランが毎年ここでマックスへの焼き菓子を作っているのは二人だけの秘密だ。

「そんなの助けたうちに入らない。それに礼を言うのはあたしの方だ。付き合ってくれてありがとうな」

桑の実酒の杯を掲げたラファに茶の杯を上げる。

いつの間にか心に光が灯っていた。

この光が自分の道を照らしてくれるだろう。

もう迷わない。あの光を目指していく。決して消えることのない天空に輝く眩しい光。

なぜだか友が苦笑しながら肩を叩いてくる。

笑い返したのに胸が詰まって、ミランはそれ以上何も言うことができなかった。


六月終わりから七月にかけて、リヒタルフは雨の時季となる。

今は晴れているが、昨夜も一晩中降り続いた雨は王城の庭をたっぷりと濡らし、色とりどりの花や緑をむせかえるほどに香らせていた。

「殿下、見てください。薔薇《ばら》があんなに」

中庭に面した回廊で立ち止まり、ニコラが植木の向こうの蔓薔薇を指さした。人がくぐり抜けられるように作られた柵は長く、そこには多くの黄薔薇が零れるように咲いている。

「そうだな。ああニコラ、気をつけて。滑るといけない」

マックスとニコラの後ろについていたミランは、蔓薔薇に駆けて行くニコラの背をまっすぐ見つめた。

馬上試合から一週間、少し前まで頬を強張らせることが多かったニコラも、この頃では随分朗らかに笑うようになっている。

自ら茶を淹《い》れ、花に水をやり、得意の裁縫でお付きの者たちに服を縫うなど、ともすれば王子の婚約者とは思えないような日々を送っているが、これは「ニコラが望むように」というマックスの計らいで、だからこそ彼女は生き生きと暮らせているとも言えた。

「殿下、どうぞこちらへ。いい香りです」

ニコラが手を振り薔薇で覆われた柵の中へ姿を消す。

今日も、王城を散策したいというニコラの願いを聞き入れ、王都から戻ったその足でマックスは彼女を案内していた。

澄んだ空気を謳歌《おうか》する鳥の声に啄木鳥《きつつき》が木を叩く小気味よい音が混ざる。雨後の庭は美しく輝いていて、どこにも不審な気配はなかった。

だが、ニコラへ向かうマックスの背を追いながら、ミランは妙な違和感を覚えて緊張した。

なんなのだろう。何かが引っかかる。どこにも危険はないように見えるが。

剣に手をかけながら原因を探ろうとしたが、答えを出す暇はなかった。

「ニコラっ」

突如マックスがニコラに向かって駆け出し、一瞬遅れてミランも全力であとを追った。

（くそっ）

様々な匂いに紛れて気づくのが遅れた。

これは導火線が燃える臭いだ。

薔薇の柵の中で何かが今にも弾けようとしている。

「殿下？　どうし……」

柵から出て来たニコラが首を傾げる。今では火花の音も聞こえていた。

「ミランっ、爆弾だ！」

ニコラを抱き寄せたマックスの脇を抜けて奥へ突進すると、蔓に隠れた蔭に丸い爆弾を見つけた。

「殿下っ、ニコラ様を遠くへ！」

導火線の残りはあと僅かしかなく、咄嗟に爆弾を鷲掴みにすると、ミランは誰もいない中庭に向かって力いっぱい投げつけた。

「きゃ……！」

ニコラの叫びを掻き消す爆音を立て、無骨な球体が地上に落ちる前に破裂する。生き物のように膨らんだ灰色の煙は、弾の破片と一緒に伏せたミランの頭上を吹き飛んでいった。

「う……」

濡れた草と土が唇に張りつき、命の危険を感じて体が本能的に震える。

「ミラン！　無事か！」

耳の痛みに眩暈《めまい》がしたが、煙の向こうから呼ばれて即座に駆けつけた。

「殿下、ニコラ様、お怪我はありませんかっ」

ニコラを胸に抱くマックスに跪き、彼の顔をひたと見つめた。

「ミラン……」

マックスは歯軋りしたが、二人が怪我を負った様子はなかった。

「ご無事で何よりでした。気づくのが遅れて真に申し訳ございません。早急に王城を調べるよう皆に伝えます」

ニコラから手を離してマックスが拳を握る。いつもは泰然としている頬が痙攣《けいれん》し、金の瞳が激しい怒りに底光りしていた。

当然だろう。マックスばかりでなくニコラも爆破されかけたのだ。彼の怒りを思うと胸が苦しい。

「兄様、ニコラ様！　何があったのですか？　これはいったい……」

声がした回廊を見ると、レオシュが騎士を引き連れこちらに向かって来ていた。その後ろを杖をついてハロルトもやって来る。

ミランは立ち上がってマックスの後ろに回った。駆けつけたレオシュは彼自身が爆風を受けたかのように顔面を蒼白にしていた。

「爆弾だ。薔薇の蔭に隠してあった」

マックスはハロルトの到着を待ち、簡潔に伝えた。

「爆弾!?　まさか兄様たちを狙って？」

「だろうな。人がいた様子はなかったし、どうやって火を点《つ》けたのか分からんが」

「そんな……ニコラ様は無事だったんですか!?」

レオシュが前のめりになってニコラに近づく。マックスはさりげなくニコラを背に隠し、低い声で答えた。

「大丈夫だ。ミランが……爆弾を遠ざけてくれた。レオシュ、これから王城を調べる。お前も手伝ってくれるか」

「もちろんです。僕にできることならなんでも言ってください。それにしてもニコラ様……兄様たちがこんな目に遭うなんて。すぐに賊を……証拠を見つけなければ」

息巻くレオシュに騎士たちは頷いたが、ハロルトは王城高くを見上げて苦々しげに言った。

「調べて何か出てくればいいですが、敵も証拠を残しておくほど愚かではありますまい。それにしても、名を伏せて『敵』と呼ぶのがこれほど歯痒《はがゆ》いとは」

見上げた窓辺にはアロイスとボリスがおり、愉快そうに笑いながらこちらを見下ろしている。

ハロルトが言っている敵とはアロイスのことだろう。

爆弾に使われている硝石《しょうせき》は入手が難しい。高価なだけに戦で使われることもあまりなく、ミランも二度遭遇したことがあるだけだ。

その爆弾を秘密裡《り》に入手できる権力と財力を持つ者は限られているが、証拠がないままアロイスを追及したところで冤罪《えんざい》だと言われかねない。

けれど、目下の問題は誰がやったかではなくどうやったかだ。

周りに人の気配はなかった。自力で発火する爆弾だったのか、誰かが何かしらの方法で遠方から火を点けたのか、どちらにせよ常軌を逸している。

「ミラン」

「はっ」

マックスに呼ばれ、意識を目の前に戻した。

「歯痒いだろうがこらえてくれ。俺は今動いて大事な騎士を反逆の徒にするわけにはいかん。婚儀まで辛抱してくれたら必ず兄上を粛清するゆえ……。だから、それまではなんとしてでもこらえて欲しい。……よい働きだった。今日はもう休め」

「ですが」

「休め」

これ以上の固辞は無礼に当たる。マックスの背中に一礼し、レオシュの騎士が傍にいる間にミランは代わりの護衛を呼びに走った。

（それにしても爆弾を使ってくるなんて）

アロイスの本気の度合いが知れる。彼はマックスだけではなくマックスを取り巻くすべてを排除しようとしているのだ。

怒りと焦燥に体が煮える。

こんなときにマックスの傍を離れるのはもどかしかったが、今は全速力で走るしかなかった。


ハロルトが危惧した通り、どれだけ探してもアロイスが爆弾を仕掛けた証拠は出てこず、夜半、マックスの執務室に集まった人々は揃って深い溜息を落とした。

円卓に肘をつき、口元で手を組むマックスの右隣にはハロルトが、左隣にはレオシュがいる。

マックスとニコラの護衛を増やし、王城に入る物資の検査を強化するという論議を終え、話の焦点は、いかにして爆弾に火を点けたのかという一点に絞られた。

「僕はやっぱり魔術だと思う」

レオシュに答えたのは、ミランの隣で直立するクラウスだった。

「恐れながら、それではあの火打石はなんだったのでしょう。燃えかすもありましたし、やはり誰かが火を点けたのでは」

王城を調べた際、もし何も見つからなければここまでややこしくなかったかもしれない。蔓薔薇の柵から火打石と打ち金が出てきたとき、一瞬「誰か」を疑ったのはきっとクラウスだけではなかった。

しかし。

「誰かとは誰だ？」

レオシュがクラウスを睨みつける。

「それは」

クラウスが口籠ると、レオシュは厳しい口調でたたみかけた。

「火打石をわざわざ置いたのは『誰か』のせいだと思わせるためじゃないか？　本当は魔術で火を点けたのに、手で点けたと思わせればこちらを攪乱できる。あの場に誰もいなかったんだからそれしかないと思うけど」

「……申し訳ございません」

誰もいなかったわけではないとクラウスを庇う者はいなかった。クラウスの言葉も一理あるが、状況だけを鑑みてその場にいた唯一の人物、ニコラを疑うのは無理がある。マックスやミランが行かなかったら彼女自身が爆破されていたのだ。

火は人為的に点けられたものではない。であればやはりレオシュの言う通り……。

「魔術と言い切るのは難しいやもしれませんぞ」

ほとんどの者がミランと同じように考えていたのだろう、戒めるように言ったハロルトに皆の視線が集まった。ハロルトには今や扱える者は僅かと言われている魔術の心得がある。

「説明してくれ」

促したマックスに目をやり、ハロルトは述べた。

「善のもの、悪のもの、高度低度と様々ですが、いずれにせよこの国の魔術は無から有を生み出すものではないのです。あるものからあるものに形を変える術、もしくはある種子を成長させる術と言えば分かりやすいでしょうか。木を天まで伸ばしたいならまさしく種が、火を点けたいのであれば必ず火種となるものが傍らに必要となる。乾燥した冬場ならまだしも、今朝は雨上がりで庭が一面濡れておりました。あの状況で手を触れずに、つまり魔術で火を点けるのは難しいかと」

「火種ならあったじゃないか。きっと誰かが遠くから火打石を動かしたんだ」

レオシュは尚も反論したが、ハロルトは首を振った。

「ものを動かすほどの魔力があるならわざわざ爆弾など使いますまい。寝ているところを剣で一突きすれば事足りるわけですからな。とはいえ、私のあずかり知らぬ魔術の可能性もありますし、他にどう火を点けたんだと問われたら……私にも分かりかねますが」

誰からともなく嘆息が漏れる。

マックスはこれ以上の議論は無駄だと判断したようだった。

「今日はこれで終わりにしよう。ハロルト、魔術だけでなく、新手の動力の可能性も含めてもう一度調べてくれるか。騎士たちはあらゆる攻撃に備えてとにかく注意してくれ。俺も状況を整理して今一度考えてみよう」

浮かない顔のまま席を立ち、レオシュ、ハロルト、続けて騎士たちは出て行ったが、マックスの直臣のクラウスとミランだけはあとに残り、他に何か任務があるか、主からの指示を静かに待った。

二人並んで直立していると、机の上の箱からマックスが何やら包みを取り出す。それから二人の前にやって来ると、マックスは手にした紙包みをクラウスに、ミランに銀の容《い》れ物を差し出した。

「二人とも、今日は大儀だった。クラウス、この薬草をお前の子に。喘息《ぜんそく》によく効くらしい。ミラン、お前にはこれを」

包みを凝視したクラウスの目元がみるみる赤くなる。三十路《みそじ》を過ぎた男盛り、筋骨逞しい体と頬の刀傷を持つこの勇者が、マックス騎士団の中で一番涙脆いと聞いて驚かない者はいない。豪快で、信に篤く、すべての部下に深く愛されている騎士団長、クラウス。

「殿下……ありがたき幸せにございます」

洟《はな》を啜《すす》りながら包みを受け取ったクラウスに続き、ミランも礼を述べて差し出されたものを受け取った。

貝のように開く容れ物は手の平にしっくりと馴染み、丸い蓋には緻密な彫りが施されている。

こんな高価なものを貰う理由がなく、ややたじろいでいると、マックスが言った。

「軟膏《なんこう》だ。擦り傷や火傷《やけど》によく効く。……くれぐれも大事にしてくれ」

クラウスを涙脆いなどと言えない。言われた瞬間ミランも思わず泣きそうになった。

爆弾を握ったときしくじり、右手の指先を幾分焼いた。マックスに見せないよう注意していたつもりだが、彼は既に気がついていたのだ。

あの混乱の最中に自分を見ていてくれた。心配していてくれた。

胸に容れ物を押し当てると鼓動が指先に伝わってくる。

体は嘘をつかない。苦しいほど胸が疼く。

ああ、どうしても。

「勿体ないお言葉……心から感謝いたします。これからも必ず、命を懸けて必ずや殿下をお護りいたします」

この温かな人を、自分は死ぬほど愛している。

「……下がっていいぞ」

心を震わせながら一礼し、クラウスと執務室をあとにする。

マックスの声が少しばかり寂しそうに聞こえたが、この混乱の中ではそれも当然のことだと思った。


妖しい術が働いているのか、それとも誰かが火を点けたのか。

これといった答えが出ないうちに、敵の更なる襲撃が起こった。

爆発騒ぎから四日が経ったその日、他の騎士とともにマックスの部屋の前で護衛をしていたミランは、三人の騎士に護られたニコラがこちらにやって来るのを見た。

彼女が運んでいるのは豪華な純金製の茶器だ。マックスは、ニコラが来てから午後の執務の合間に休みを取り、彼女が手ずから支度をした茶を一緒に飲むようになっていた。

「こんにちは、ミランさん」

ニコラは小剣の稽古が気に入ったとみえ、今も二日に一度はミランに教わっている。だからか、彼女は他の騎士よりミランに話しかけることが多かった。

「ニコラ様、ご機嫌麗しゅうございます」

いつもと同じ挨拶、光景。

爆破されかけたのに幸いニコラは落ち着いている。

それにもかかわらず、目の前を通り過ぎる彼女に、ミランは何か釈然としないもの、そう、爆撃を受ける前に感じたのと同じ違和感を覚えた。

騎士を置いてニコラが部屋に入ると、警鐘のように心臓がどくどくと打ち始める。

何が違っていたのかと焦りながら、ミランはニコラの姿を必死に頭の中に思い浮かべた。

妖精の翅のような薄青のドレス、花籠に似せて編まれた髪、金の器を運ぶ手指は今日も変わらず細かった。

この中で奇妙なことといえば。

「……っ！」

気づいた瞬間、許可も得ずに扉を押し開け中に入り、周囲がどよめくのも構わずマックスに向かって叫びを上げた。

「殿下、いけません！」

カップに口をつけかけていたマックスは動きを止め、ミランを見やった。

「ミラン、どうした」

マックスがカップを置くと、ニコラも慌てた様子でそれに倣《なら》う。

二人がまだ茶を飲んでいなかったことに安堵しながら、ミランはマックスの傍らで膝をつき、急いで首から鎖を抜いた。

「突然の無礼をお許しください。ですがなんとしてでも確かめたいことがございます」

銀の牙を握り締めて見上げると、ミランの意図を察したのか、マックスが途端に険しい顔を見せた。

「許す。やってくれ」

立ち上がり、茶器に近づくミランを侍従たちがおろおろと取り囲む。何が起こっているのか彼らは分からない、信じたくないように見えた。

確かめたあとに自分の勘違いだったと言えればいいが、おそらくそうはならないだろう。

暗澹《あんたん》たる気持ちで皿に鎖を置き、金のポットを取り上げ銀の牙に茶を垂らす。

予想に違《たが》わず変色するそれを見て、マックスの口からくぐもった唸りが零れた。

「毒が入っていると思われます。至急、調理場、並びに付近を調べるよう手配いたします」

伝えるうちに握った拳が震えてくる。大事に至らなかったことに安堵するより、マックスの口元までこれが運ばれてしまったことに強い怒りを感じた。

「そうしてくれ」

背もたれに深く身を預けたマックスとは対照的に、ニコラは慄いたように背筋を伸ばした。

「ど、毒？　な……だって、どうやって……。私はここまで誰にも……」

嘘ではないだろう。騎士三人の目をかいくぐって毒を入れられるはずがない。

ならば毒が盛られたのは茶を淹れたときだ。

「茶器に予《あらかじ》め毒が仕込んであったのでしょう。私の思い違いでなければ、これは無味無臭の樹液の毒ですので、水滴の一つと見えなくもありません。その茶器をニコラ様が選んだのは……たまたまとしか言えませんが」

暗殺防止のため、毒で変色する銀器を用いるのは王城にいる者の常識だが、城に来たばかりのニコラがそれを知らなかったのも無理はない。

けれど、毒が入った茶器を偶然選ぶなんて、本当にそんなことがあるのだろうか？

「そん、な……私は、ただ綺麗だと思っただけで」

目に涙を浮かべたニコラに、マックスは優しく言った。

「ニコラのせいではない。逆に君まで危険な目に遭わせて本当に申し訳なく思っている。ニコラ、顔色がよくないな。部屋まで送って行こう」

立ち上がったマックスに、ミランは素早く確認した。

「ではこの茶器は私が片づけます。まっすぐ調理場に向かいますが、それでよろしいでしょうか」

「よい。頼む。ハロルトには俺から伝えよう」

茶器を持ち、マックスより先に部屋を出ると、どっと冷や汗が背筋を伝った。

飲み込んではいけないものを飲んだように胸がつかえている。

何が起こっているのだろう。誰が毒を入れたのだろう。

どうして頭の中に、毒を入れるニコラの姿が浮かぶのだろう。

調理場に行き、毒が盛られたことを伝えると、皆の顔から血の気が引いた。案の定毒の痕跡はなく、関わっていた者全員を調べたが、不審な者は見つからなかった。

刻々と時間だけが過ぎ、何も手が打てないまま迎えた夜中。

どうにも眠れず、回廊に下り、ミランは手《て》摺《す》りに背中を預けてぼんやりと中庭を眺めた。

人が寝静まった王城の上には暈《かさ》に滲んだ月が浮かんでいる。

雨の予兆の空気が喉を塞いだが、まるでそれに煽られるように、疑惑という名の胸のつかえはどんどん大きくなっていった。

昼間、銀の牙についた毒を洗い流しながら、もしかしたらアロイス以外にも敵が――味方の中に裏切り者がいるかもしれないと初めて思った。

たとえば、ニコラ。偶然ではなく、彼女が意図的に毒の仕込まれた茶器を選んだとは考えられないだろうか。もしくは人目を盗んで毒を入れたのかもしれないし、むしろそう考えた方が自然だ。

けれど、いったいどんな理由で彼女がマックスを殺そうとするだろう？

マックスのことが嫌だったのならそもそもつがいとして名乗り出なかっただろうし、富も名誉も手にしている彼女がマックスを殺したところで何も得はない。

やはり考えすぎなのだろうか。

それとも、自分の中にまだある邪心が彼女のことを疑わせるのだろうか。

マックスに愛されている彼女が羨《うらや》ましくて、だから。

乱暴に髪を掻き回して溜息をつく。

何も確証がないのにこれ以上考えても埒《らち》が明かなかった。

枝の軋む音が耳を掠めたのは、もう寝ようと手摺りから背中を起こしたときだ。

息を潜め、反射的に剣に手をかけながら窺うと、茂った大木から何やらぼそぼそと話し声が聞こえてきた。誰かを乗せた枝は太く、その先は王城の窓まで届くほどに伸びている。

賊か、とミランは物蔭を進んで少しずつ相手と距離を詰めていった。無闇に声を荒らげるより、ぎりぎりまで近づき闇討ちする方が確実だ。

枝葉の隙間から仄《ほの》かな月影が漏れてくるが、人影は一つしか見えず、もう一人がどこにいるのかは分からない。

しかし、警戒しながら見上げていると、折よく射し込んだ月明かりが相手の横顔をはっきり照らした。

「……！」

声を出さないよう咄嗟に口を押さえて後ずさった。

枝の先に登っていたのは賊ではなくレオシュだった。

彼は今にも飛び移らんばかりに前かがみになり、窓の向こうの人物、ニコラと小声で話している。

言葉は聞き取れないが、何やら言い募るレオシュにニコラが首を振っている。だが手首を掴まれると彼女は大人しくなり、切なげな瞳でレオシュと正面から目を合わせた。

（殿下に……お知らせしないと）

それしか考えられなかった。

富も、名誉も、すべてを投げ捨て、ニコラがマックスを殺す理由が一つだけある。

ニコラはレオシュと通じているのかもしれない。レオシュと恋仲になって、マックスが邪魔になって、だからマックスを殺そうとしているのではないか。

去り際、こちらを向いたレオシュと目が合った気がしたが、構わずマックスの寝所に走った。

「殿下！　至急殿下にお伝えしたいことがございます」

マックスの指示により、爆破騒ぎのあとからクラウスはニコラの護衛についている。

ミランが息せき切って到着するなり、顔見知りの護衛が驚いた顔で声をかけてきた。

「ミラン殿、何が……」

「騒がしくしてすまない。だが今すぐ殿下にお知らせしなければならないことが……」

「どうした。何があった」

既に横になっていたのだろう、しばらくして扉の向こうから応えた声に、ミランは逸《はや》る気を静めながら訴えた。

「殿下、ミランです。突然恐れ入りますが、中に入れていただいてもよろしいでしょうか。殿下のお耳にだけ入れたく存じます」

返事は遅れなかった。

「入れ」

中に入り、扉を閉めてすぐに膝をついたが、マックスの顔は見られなかった。

「殿下、大変申し上げにくいご報告です」

「申せ」

ごくりと唾を飲み込んでから、一息に言った。

「ニコラ様がレオシュ殿下と通じているかもしれません」

「どういうことだ」

マックスの声音が硬くなる。彼を傷つけるとしても言わずにいられなかった。

「先ほど庭におりましたら、レオシュ殿下が枝を伝って窓越しにニコラ様と話しておいででした。何を話しているかは分かりませんでしたが、ニコラ様にあのような形で対するなど尋常ではありません」

応えはなかったが、焦りに任せて言葉を重ねた。

「もう一つ、無礼を承知で申し上げます。茶に毒を盛ったのはニコラ様ではないでしょうか。あれだけ調べて何もなかったのです。ニコラ様が自分で入れたとしか考えられません」

「ミラン」

訴えている間に疑惑が確信に変わる。

ニコラの仕業だと思えばすべてに辻褄《つじつま》が合った。

爆発のときだってそうだ。あのとき感じた違和感の正体が今になって分かった。

気に障ったのは「音」だ。

啄木鳥だと思っていたのは、火打石に内ち金を打ちつけていた音だったのではないか。

「レオシュ殿下と恋仲になり、それゆえ王位争いのどさくさに紛れてマックス殿下を亡き者にしようとしたとは考えられないでしょうか。爆弾にしても、やはりニコラ様が火を点けたと思えば謎が解けます。マックス殿下をおびき寄せたあとで、ニコラ様だけ逃げる予定だったということも……」

「ミラン。落ち着け」

強い声に、弾かれたように顔を上げると、マックスの瞳が夜の闇の中で青光りしていた。

「ニコラは悪い娘ではない」

諭すようなその一言で、胸にぽっかり風穴が開いた。

「レオシュの行為は目に余る。だが会っていただけで不義にはならんし、ましてやニコラが俺に殺意を抱いているとは思えない。ミラン、俺はニコラに感謝している。運命のつがいは出会った瞬間惹かれ合うなどと言うが、正直俺と彼女の間にそういう感情は生まれなかった。それでも俺は確かに彼女から親密な匂いを感じたし、彼女も俺と国を背負っていく覚悟をしてくれた。レオシュは若いから歯止めもきかんのだろうが、あいつがどうしようと彼女は俺の……運命のつがいだ」

茫然としてマックスを見つめた。

当然のことだったのに、こうして直《じか》に聞くまで分からなかった。

彼はニコラを、運命のつがいを誰より信じているのだ。

「出すぎた真似をして……申し訳ございません」

全身から力が抜け、がくりと首を落として詫びた。

どれだけ悔やんだところで遅い。

自分はマックスの運命のつがいを侮辱した。許されることではない。

「……レオシュの動向には気をつけよう。木に登ったことも注意しておく。まったく、また落ちでもしたらあいつはどうする気だ」

子供の頃、レオシュは何度も木登りをしては落ちたことがあるらしい。生まれつき片耳が聞こえないため、平面では問題なくとも高いところでは均衡を崩しやすいのだそうだ。

ニコラと秘密裡に会っていたことよりマックスはレオシュの体を心配している。それだけ弟のことを深く愛しているのだ。

「本当に、詫びの言葉もございません。どうぞ……どんな罰でもお受けいたします」

「罰？　なぜ？」

「ニコラ様を疑いました」

短い嘆息が聞こえた。

「お前の献身には感謝をしている。近衛騎士として、誰であろうと疑う姿勢は正しい。……お前も疲れただろう。もう休め」

一晩中でも詫びたかったが、これ以上彼の眠りを妨げてはいけない。

「寛大なお言葉、恐れ入ります。それでは失礼いたします」

他にできることもなく、立ち上がって外に出ると、ミランは項垂れたまま自室に戻り、寝床にどさりと腰を下ろした。

「……っ」

切り替えろ。こんなことで落ち込むな。大事なのはマックスを護ることだ。

両腕を強く掻き寄せながら、伏せてしまいそうな自分を何度も戒めた。

今敵に襲撃されたらどうする？　お前は剣を取って戦うだろう？

それを考えたらこの胸の痛みなんて、ほんの小さなことだろう？

夜闇が色濃く積み重なっていく。

雨雲が、蒼い三日月を覆い隠した。


雨は二日降り続き、週末になってやんだ。

雲のない青空を仰いでから、ミランは菩提樹にヤスピスとラズールを留めた。

「久しぶりでいらっしゃいますか？」

修道院を見上げるマックスに問いかけると、懐かしそうに目が細められた。

「ここを出たとき以来だ。イグナーツが院長になったときに来たかったが公務で無理だった。お前が来ていたと知っていたらもっと早くに訪問したんだが」

遠出をするぞと言われたのは今朝方のことで、どちらへと訊くと、お前が休日に行っているところへとマックスは笑った。

悩んだ末、アンスブラント修道院の名を告げたのは、マックスと一緒に行ける場所がそこしか思い浮かばなかったからだ。けれど、麓とは違う静謐《せいひつ》な空気に包まれると、その選択もあながち間違ってはいなかったように思えた。

マックスの頬が久方ぶりにほころんでいる。その顔を見られただけでここに来た甲斐《かい》があるというものだ。

「あれは……イグナーツ院長か？　変わらないな」

　中に入り、院長室から出て来た人物を見てマックスが足を止めると、イグナーツもこちらに気づき、驚いたように目を見開いた。

「なんと、マックス殿下ではありませんか。いらっしゃるとお知らせくだされば出迎えにあがりましたのに」

　イグナーツは笑みを浮かべ、目を逸らさずマックスと対面した。教えを授けることもあるため、司教以上の神職者たちは王族とも正面から視線を交わすことが許されている。

　マックスは柔らかく微笑み返し、携えて来た包みをイグナーツに渡した。

「今日は公務ではありませんからどうぞお気になさらず。こちら、少しですが葡萄酒と蠟燭を神にお持ちいたしました。イグナーツ院長、それにしてもお元気そうで何よりです。修道院の方も何も問題ありませんか？」

　数度瞬いたのち、イグナーツは穏やかに返した。

「殿下も本当にご立派になられて何よりです。神のお蔭で私も修道院も万事うまくいっていますよ。……何か気になることでもありましたか？」

　そのときだけ微かに、イグナーツは眉根を寄せた。

「いえ、そういうわけではありません。何もなければそれでよいのです。ですが、何かありましたら王城に伝令を向かわせてください。できる限りのことはいたします」

「お心遣い感謝いたします。けれど本当に問題ありませんからどうぞご心配なく。今日はミランと一緒に祈りに来られたのですか？　すぐ礼拝堂に行かれますか？」

不意にイグナーツに微笑みかけられ、目礼を返したが、どことなくイグナーツが話を逸らしたように感じられ、ミランは心の中で首を捻《ひね》った。

「はい。それと、祈りのあとに少し中を歩かせていただいてよろしいでしょうか。やはり懐かしいものがあります」

「もちろんです。では参りましょう」

本当は何か気になることがあるのではと思ったが、今は訊くときではない。

礼拝堂の前で別れを告げたイグナーツに、ミランは礼をするに留めた。

中に入ってウィルコドラク神を見上げたマックスは、感極まったように胸を大きく上下させた。

目を閉じて膝をつき、深々とこうべを垂れる姿に出会ったときの背中が重なり、ミランも胸を震わせながら彼の後ろで膝をついた。

どれだけ時間が経とうとあのときの衝撃を忘れるはずがない。

強く瞳を吸い寄せられた。彼のすべてが輝いていた。あのときから、自分をとらえて少しも離さない、光。

礼拝堂を出たあと、マックスが向かったのは写本室で、久しぶりに見る書架には、相変わらず数々の聖典や祈禱《きとう》書の他、薬草の辞典や星の読み方といった稀少《きしょう》な本が並んでいた。

「変わらないな」

日の当たらない小部屋。古い手漉《てす》き紙の匂い。

本当に、マックスと並んで黙々と写本をしていたときから何も変わっていないように見える。

「そう……ですね」

しかし、自分たちは確実に変わった。幼かったあのときの二人はもうどこにもいない。

並ぶ本の背に指をうつろわせたあと、マックスは一冊を選んで取り出した。

「何かお探しでしたか？」

表紙に描かれているのは着色された王城とヴィオリーナだ。『王都リヒタルフ史』と題された本を、長い指がゆっくりと捲《めく》った。

「探していたわけではないが、これに少し魔術師のことが載っていたと思ってな」

窓辺にもたれ、無言の中で本が繰られる。外の淡い光が彼の輪郭を包み、翳《かげ》の中に沈んだ睫毛が憂えるようにしばたたかれた。

「殿下」

マックスが片眉を上げ、上目で見てくる。

「なんだ」

「あまり窓には近づかぬ方がよろしいかと。どこから射られるか分かりません」

一瞬、心を探り合うように視線が絡み合い、ミランは慌てて下を向いた。

「ミラン、ここにいるのは俺とお前だけだ。違うか？」

呆れたように言われ、所在なく床を眺めた。

「違いません。この部屋の中、という意味ではそうです」

「だったらもう少し肩の力を抜け。なんのためにここへ来たと思っている」

咄嗟に返事ができなかった。なんのためにここへ来たのか？

黙し続けるミランにマックスも口を開かない。互いの出方を待っているような、奇妙に緊張した時間が流れた。

「気を抜くことなど、できません」

結局、沈黙にたえかねてそれだけ伝えると、マックスは本を戻して独り言のように呟いた。

「仕方ないな。じゃあ行くか」

もう帰るのだろうか。思っていたより早い帰りだ。

些か残念に思いつつ、返事をしようとしたが、一つのことを思い出してミランは口を開いた。

「殿下、一点よろしいでしょうか」

「なんだ」

先ほどイグナーツが話を逸らしたように感じたのが気になる。自分が何かを見落としている可能性もあるので、マックスが何かに気づいているなら教えて欲しいと思った。

「先刻イグナーツ院長に『何か問題はあるか』とお訊きになったのには理由があるのですか？」

思案するように目を脇に流してから、マックスは「ほんの一瞬だが」と前置きして言った。

「俺を見たとき、彼から憤りのような匂いを感じた。俺が不義理をしたからかもしれんが、何かここでの生活に問題があるのではと思ってな」

頭にイグナーツの微笑みが浮かぶ。痛みを隠して笑っていたのなら、悲しい。

「そうでしたか。恥ずかしながら、私は殿下ほど鼻がよくないので何も感じませんでした。それにしても憤りとは穏やかではありませんね。何か困ったことでもおありなのでしょうか」

マックスは首を振った。

「何もないと言うなら詮索することもないさ。だがそういえば……彼は先の戦で父母を亡くしていたな。修道士といえども肉親を亡くして何も変わらないという方がおかしいのかもしれん」

ふたたび静寂が訪れたが、今度沈黙を破ったのはマックスだった。

「彼には随分世話になった。健やかでいて欲しいと思う」

修道院で暮らしていた頃、マックスはほとんど家や家族のことを話さなかったが、一度こう打ち明けてくれたことがある。

父は忙しくてあまり話す時間がない。ミランのように九柱戯で父と遊んだ記憶もない。

だからこそ、父の如く叱り、諭し、導いてくれるイグナーツを、心の底から尊敬している。

「はい……私も、そう思います」

こういうとき、マックスと気持ちが繋がっていると思わずにいられない。

唇を引き結んで喜びを抑えていると、マックスは「さて」と優しい瞳で頷いた。

「では行こう。他に話があれば次の場所で聞く」

瞬きながら、ミランは扉に向かったマックスのあとを追った。王城に帰ると思っていたが違うようだ。

「どちらにでございますか？」

問いかけると、マックスは振り向き、いたずらっ子のように笑った。

「お前が気を抜ける場所だ」

「兄弟たち、元気だったか。ああ、お前はこの前生まれたのか？　見たことがない顔だ」

森を分け入り、岩穴の前に着いたとき、周りに集まった森狼の数は十五になっていた。長《おさ》であろう雌雄のつがいがマックスの両手に鼻先を擦《こす》りつけるが、甘えるような仕草の中にも揺らぐことのない威厳があった。

「殿下、ここは」

マックスが森狼の頭を撫でながら視線を流してくる。

「懐かしいだろう？」

「は、い」

懐かしいどころではなく、ミランは微かに緊張しながら頷いた。油断してはいけないのに、胸に優しい記憶が広がっていく。

「よくこの中に二人で入ったな。覚えているか？」

「……もちろんです」

頭を下げて狭い岩穴に入って行くマックスを見ていると、失われたはずの気さくな友人が不意に隣に戻った気がした。

「どうした？　来い」

当然のように呼ばれてこそばゆくなる。ためらいつつ中に入り、子供の頃と同じようにぴたりと肩を並べて座った。岩穴は小さく、背後は行き止まりで、そこにはマックスが拾って来た幾つもの鉄の罠が転がっている。

昔、マックスは狩りに反対なのかと訊いたことがある。だから罠を外して取ってくるのかと。

マックスは、狩りに反対なのではなく、無差別に狩るのが嫌なのだと言った。

狩る相手を正しく見極めなければ森の生態が崩れる。分からないなら仕方がないが、俺たちにはそれを見極める本能がある。それなのに正しく狩らないなら、いったいなんのために俺たちはいる？

「落ち着くな」

「……はい」

出産が近づいた母狼は、土を深く掘って巣穴を作り、そこで子を産む。

土の中で生まれたわけでもないのに、暗く狭いところは心が安らいだ。

マックスがふっと息をつく。

「外は森狼たちが護ってくれている。どうだ、ここなら少しは休めるだろう」

満足そうな声で言われ、やはりと無性に歯痒くなった。

本来であれば今日はミランの休みの日だ。しかし、馬上試合以降、ミランは敢《あ》えて休みを取らずに連日マックスに仕えていた。

彼はミランを休ませるためにわざわざここまでやって来たのだ。

「なぜ……ですか」

思いやりが心苦しい。

「なぜ？　何が？」

心底不思議そうに問われ、きゅっと唇を嚙み締めた。

「私のことなど気にされている場合ではありません。ニコラ様が狙われていたらどうされるおつもりですか。私なら大丈夫ですから、もう」

立ち上がりかけた肩を摑まれ、マックスの方に引き寄せられた。

「いいから休め。ほんの一瞬……今だけだ。ニコラには俺の分の騎士もつけてあるし、今日は部屋から出ないよう言ってあるから大丈夫だ。レオシュのこともあるしな」

レオシュの名を聞いた途端気が重くなった。マックスには言っていないが、一昨日《おととい》部屋に来たレオシュに厳しい口調で牽制されていた。

――僕がニコラ様と会っていたのを兄様に言っただろう。

レオシュと目が合ったと思ったのはやはり気のせいではなかった。

――よく聞け。今度僕のすることに口出ししたらミランだろうと許さない。兄様がなんと言おうとお前を城から追い出してやる。

レオシュの瞳は本気だった。もしかしたら、レオシュが敵なのかもしれないと思うほどに。

誰が味方で誰が敵なのだろう。探るつもりで城から追放されたら元も子もない。どこまで動いていい？　どうすれば確実にマックスを護れる？　答えがない。誰にも言えない。がんじがらめだ。

「ミラン、安心しろ」

尽きない憂いに落ち込みかけたが、強く肩を抱かれて我に返った。マックスの吐息が額にかかり、体がかっと熱くなる。

もう抗えない。理性が保てない。意地も、緊張も、すべてがほどけて溶けていく。

「そうだ。力を抜け」

ふっと倒れるようにマックスに体を預ける。こうしてみて初めて、自分がどれだけ極限の状態にいたのか気づいた。

「ミラン、今のお前はぎりぎりまで張り詰めた弦と同じだ」

許されるか分からなかった。だから、見えないところで彼の服の裾をこっそり握った。

「このままでは敵より先にお前が切れてしまう。俺はお前が倒れるのを見たくない」

疲れを顔に出さないようにしてきたつもりだが、それができていなかったとすれば騎士失格だ。

「面目ありません。そんなに余裕がないように見えましたか？」

マックスの手が、ミランの肩を撫でながら上がってくる。

「何年一緒にいると思っている？」

大きな手で優しく髪を掻き混ぜられた。耳たぶに指が触れて、肩が大きくびくりと跳ねる。

「どれだけ気丈に振舞っていてもヴィオリーナを聴けば分かる。普段のお前の音が繭糸《けんし》なら、今のお前の音はまるで鉄線だ」

「鉄線」

優しい音を出すよう努めていたのは無駄だったらしい。元より体に密着させて奏でるヴィオリーナは奏者の体内で反響すると言う人もいる。豊饒《ほうじょう》な体からは豊饒な音が、空っぽの心からは空っぽの音しか出ない。心身のすべてを容赦なく暴く、この上なく正直で残酷な楽器だ。

「私の普段の音は繭糸なのですか」

それは好ましいことなのだろうか。

マックスは頷いた。

「お前のヴィオリーナは風に運ばれてくる光の糸だ。聴いていると、こう、楽器から糸が伸びてきて、俺はそれに包まれているような気分になる。清浄で柔らかで、温かく美しい音だ」

手放しの賛辞に面映ゆくなったが、続いた言葉にミランは瞬いた。

「繭玉《まゆだま》を作る前に蚕《かいこ》は寝るだろう？」

「……はい。そう聞いたことがあります」

口から繭糸をはいて身を覆う前に、蚕は数度眠りにつく。ただ、ミランも話に聞いたことがあるだけで、その場を直接見たことはない。

マックスは遠くを見るように目を細めた。

「美しい……光景だった。あんなに神秘的なものを俺は他に知らない。青い桑の葉の上で、無数にいるすべての蚕が天を仰いで静止するんだ。白い体が月光に照らされて、俺はそれを神に向かって祈る求道者のようだと思った。まるで、天に向かって飛べることを祈っているみたいに」

敬虔な心持ちでミランもその姿を想像した。羽化のために繭を作る蚕たちが、天に飛び立つために祈る時間。

「だが」

マックスがつまんだ一房の金髪が、指からするりと零れ落ちた。

「蚕が飛び立つことはない。懸命に糸をはいて、美しい繭を作るだけ作って、俺たちの身を護るために、繭に入ったまま殺されていく」

蚕の死の上に絹糸は紡がれる。羽化するのを待っていては美しい繭糸が取れないからだ。種族そのものが飛び立つのを諦めたように、成虫の蚕蛾《かいこが》になったところでもう飛べないのだと聞いた。

「仕方の……ないことです。衣服だけでなく、我々は何かを犠牲にしなければ生きていけません」

人狼のミランたちは、長期間動物の肉を食べなければ心身に異常をきたす。殺さなければ生きていけない。

「仕方のないこと、か。そうだな。そう思わねばならんのだろうな」

ふと沈んだ声音に顔を上げると、思わぬほど近くに彼の瞳があった。

「ミラン、少し目を閉じて休め」

目を逸らせない。マックスがどこか痛むように眉根を寄せる。マックスの手が頬に伸びてきて、顎を静かに撫でさする。

ひととき、息をするのを忘れた。

どれほどかして、マックスが顔を脇に向ける。

「少し、眠れ」

横顔が、苦しげだった。

「殿、下」

「眠ってくれ」

ふたたび抱き寄せられマックスの体に身を委ねる。

抗うこともできず言われるまま目を閉じた。

自分が寝たいのか寝たくないのかも分からない。

ただ、途切れていく意識の中、眠りに落ちていく蚕は、目覚めてからの自分の運命を知っていたのだろうかと思った。


湯浴みを終えて寝台に腰を下ろし、ミランはようやく一息ついた。

結果的に長く、苛酷な一日となったが、クラウスがくれた吉報のお蔭で心は凪《な》いでいた。

馬上試合から二週間、実家に帰して休養させていたヤンが、来週にはほぼ完治の状態で戻って来られると聞いた。表立って優しい言葉をかけるわけでもないのに、大きな体を縮めて素直に「ミラン様」と慕ってくれる青年はかわいい。

「さて、と」

声に出して気持ちを切り替え、城内の書庫から借りてきた写本を卓から取り上げた。

『王都リヒタルフ史』

マックスが修道院で手にしていたのと同じ本だ。魔術師について書いてあると言っていた。

ミランもこの本で学んだので内容は覚えているが、今一度確認しておくに越したことはない。

（殿下は毒も誰かが魔術で入れたと思っていらっしゃるのだろうか）

そうなのかもしれなかった。ニコラがしたのでないなら、誰か他の者が毒を入れたということになる。もしかしたらその者には予知能力があって、ニコラがどの茶器を選ぶのかが分かっていたのかもしれない。なんにせよ得体の知れない力、魔術が働いている可能性はある。

しかし、もしそうなら魔術師はどこにいる？

アロイス自身にそんな力があるとは聞いていない。

おそらくどこかに魔術師、いわば共謀者がいるのだろうが、それは果たして誰なのだろう。

軽く頭を振り、水をひとくち飲んで本を捲った。

記述は今から約五百年前の王紀一〇二三年、現在の王都に遷都される直前の、まだ王都が国の西部、カラハイム区にあった頃の国の状況から始まっていた。

熾烈《しれつ》さを増していく領土戦争、度重なる旱魃による飢饉《ききん》、精神に異常をきたす不可解な病、権力を濫用した司教たちによる反王族蜂起。

当時のリヒタルフ王国は混乱を極めていて、王都カラハイムも実質的な壊滅状態に陥っていた。

そして、未来永劫続くかに思われた暗黒の最中、情緒を失いつつあった王都民は災厄の原因を他者に求めるようになる。

「悪霊を呼んで国を荒らしている」と、それまで生活に溶け込んでいた魔術師、魔女たちを、民は怒りに任せて捕縛、次から次へと血祭りにあげていった。このときのことを今では「魔術師狩り」と呼んでいる。

ハロルトが言っていたように、中には手を触れずに火を熾《おこ》せる魔術師もいたようだが、狩られた者の多くは薬草を煎じて病人を治癒したり、護符を縫い込んだ布を売ったりするなどして慎《つつ》ましやかに暮らしていた無実の人々だ。

私刑《しけい》によって裁かれた彼、彼女たちは、戦場を経験済みのミランから見ても目を覆いたくなるような無惨な方法で殺されている。

結果、民の暴走を収拾する形で国も魔術師狩りに乗り出したが、国策によって処刑されたのは僅か数名、実際に倫理に悖《もと》るような悪行をしていた者――同胞である森狼を殺し、その肉体を変質的に使用していた魔術師崩れだけだ。

神をも畏れぬ所業としかいえないが、すり潰した森狼の肝臓を服して精気を養い、目玉を食して頑強な体を手に入れていたというからぞっとする。皮を使った術に至ってはとても真と思えない。

そのときを境に、リヒタルフでは魔術と名のつくものが急速に衰退した。後年になって、彼ら独自の智慧《ちえ》が見直されたため知識として残ってはいるものの、これが生きた魔術を扱える者がほとんどいない理由だ。

そこまで読んでいったん顔を上げた。

大事な部分はこの辺りまでだろう。明日の護衛に響いてもいけない、今日のところはここまでか。

思いながら本を閉じかけたが、数行先の「マクシミリアン」という字に目が吸い寄せられ、ミランはふたたび読み始めた。

国の窮状を救ったのは、父王亡きあと二十歳で王座を継いだマクシミリアン・クロドヴィルだった。

マクシミリアンは王となるや、一千年の栄華を誇っていたカラハイムからの遷都を断行。間もなく、当時近隣諸国を含めて大流行していた病の原因が汚水にあると見抜き、諸外国のどこよりも早く王都に上下水道を整備、同時に病で家族を失った孤児を保護する救済院の設立、生活が立ち行かなくなった者に対する速やかな減税と、数々の良策によって国と民を安定させた。

束《つか》の間《ま》ではあったが戦を終息させ、神職者たちと和合を結んだのは言うまでもない。

しかし、彼がのちに「救済王」と呼ばれたのはそれらが理由ではなかった。

彼は、神の化身とされる白い狼、神狼の導きによって雨を降らせる奇跡を起こしたのだ。

政《まつりごと》は動かせても自然はどうにもならない。貯水が底をつき、大地がひび割れ、いよいよ祈るしかなくなった折、マクシミリアンの元に神狼が現れ雨乞いの儀式をするよう求めた。

一人で聖山クノルフにこもり、祈り続けるよう言われたマクシミリアンは、運命のつがいの王妃にすべてを任せて翌朝出立、儀式を開始して三日後には無事に雨が降ったが、それで彼が祈りをやめることはなかった。

マクシミリアンに課せられた儀式の期間は十年。

長きにわたり、祭壇ではなく岩穴で祈り、自らの牙で食料を狩って過ごしていた彼は、下山したとき見る影もないほど衰弱していたという。

だが、以来リヒタルフでは五百年もの間一度も旱魃がないばかりでなく、その後はマクシミリアン自身も、待ち続けていた王妃や子供と生涯幸せな日々を送った。

小さく息をついて本を閉じる。

国を救った王というだけでなく、マックスの先祖と思うと胸に込み上げてくるものがあった。

幾星霜を越えて、マクシミリアンの賢さと慈悲深さは脈々とマックスに受け継がれている。

国を護り、民を導き、運命のつがいと生涯幸せに暮らしたリヒタルフ王。

「……っ」

思いがけないほど大きく、自分が漏らした声が部屋の中に響いた。

考えごとをしながら卓に本を置いたせいで、うっかり剣で切られた左腕を使ってしまっていた。

傷口を押さえて軽く溜息をつく。

山賊に襲撃されたのは修道院の帰り、マックスと二人で馬を走らせ、森から下りていたときのことだ。

無論、山賊に扮《ふん》していただけで、あれは間違いなくアロイスの傭兵集団だった。巻きつけた布のせいで顔は見えなくとも、草の匂いは誤魔化せない。下品な無法者、ボリス。

多勢に無勢で手こずったが、幸いボリス以外の腕は大したことがなかった。ミランも一度はボリスに腕を切られて落馬しかけたが、ヤスピスが首を捻って支えてくれた。おそらく相手はこちらの力を侮っていたのだろう。真剣を抜いたマックスとミラン相手では勝算がないと踏んでか、賊が半分になったところでボリスたちは引いていった。

それでも歯噛みせずにはいられなかった。単に相手の武装が甘かったから勝てただけのことで、正直矢を射られていたら自分もマックスも無事ではなかっただろう。

鬱々とした気分に追い打ちをかけるように、王城に戻った二人を迎えたのは気難しい顔をしたレオシュとハロルトだった。

ハロルトはこんなときに私用で外出をしたマックスを咎め、レオシュはレオシュでニコラを置いて出かけたことを執拗《しつよう》に責め立てた。心配の域を超えた激昂ぶりに、ハロルトですら立ち去るレオシュを見てこう忠言したほどだ。

――気をつけられよ。レオシュ殿下のあの目、尋常ではありません。

ハロルトの懸念はもっともに思う。けれど、マックスの後ろでその言葉を聞きながら、ミランはある可能性に気づいて一人慄然と頰を強張らせた。

ハロルトは魔術を使える。手を触れずに火を点けることも毒を入れることも、本当はハロルトはできるのではないか。

頭を振りながら立ち上がる。

疑い始めたらきりがなかった。

冷静にならなければいけない。敵にこんなことを知られたら終わりだ。疑心を巧みに操作されて中から崩される。それとももう操られているのだろうか。

（操られている？）

蠟燭を吹き消そうとしたミランを止めたのは、扉を叩く音だった。

「ミラン、起きてるか？」

一瞬、何か大事なことが頭を掠めた気がしたが、聞き慣れた声に急いで剣を取って扉に向かった。

「クラウス団長、何か……」

賊でも侵入したのだろうか。

扉を開け、忙《せわ》しなくクラウスに問いかけたが、直後呆気に取られて瞬いた。

「ニコラ様？」

クラウスの後ろに騎士に囲まれたニコラが立っている。改めて見れば、クラウスも他の騎士も困り顔で、ミランもつられて眉をひそめた。

「どうされたのですか？」

クラウスは目線で背後を気にしながら答えた。

「ニコラ様がお前に礼をしたいのだそうだ。何かと危ないところを助けられたと。それで、お前が今日負傷して帰って来たと耳にされて、化膿《かのう》止めの練り薬を持って来てくださった」

運命のつがいというのはやることまで似るのだろうか。

そんなことを思ってしまったが、顔には出さずに返した。

「礼など……当然のことをしたまでです」

「自分もそう申し上げたのだが」

クラウスが苦虫を噛み潰したような顔をする。ニコラの手前、そう言うのが限界なのだろう。もっとも、どれだけ過ぎた配慮であろうとニコラの厚意を無下にはできない。

「承知いたしました。ではありがたく頂戴いたします」

ミランが観念して頷くと、クラウスが脇に退いた。待っていたかのようにニコラが近づいて来て無邪気な瞳でミランを見上げる。

「ミランさん、何度も助けてくださって本当にありがとうございます」

「勿体ないお言葉、恐縮でございます」

「あの、それで」

「はい」

ニコラはためらうように俯き、手にしていた練り薬を握り締めた。

「ちょっと中でお話しさせていただけませんか？　できたら二人で。その……マックス殿下のことでご相談があって」

思いがけない言葉に息を詰め、クラウスに目配せすると、彼も戸惑っているのが分かった。

王子のつがいが騎士を訪ねて来たばかりでなく、二人きりになりたいだなんて異様だ。本来であればマックスに話を通して彼の指示を仰ぐ必要がある。

でも、きっとニコラもそれを分かっていて、尚かつマックスに言えないことだからこうして一人でやって来たのだ。

どうするのが正しいのだろう。

迷ったが、不安げに伏せられた瞼を見て、悩むまでもないと腹を決めた。

運命のつがいはいわば一心同体。彼女を支えるのはマックスを支えるのと同じことだ。

「……どうぞ。私でよろしければおうかがいいたします」

部屋の前には三人の騎士がいる。淫靡な間違いが起こりようもないのは彼らが証明してくれるはずだ。

目でクラウスと意思を通い合わせてからニコラを部屋に通すと、彼女は後ろ手に扉を閉め、部屋の奥に入って来た。

「お話というのは？」

手にしていた剣を置いて早々に切り出すと、ニコラは銀の薬入れを写本の脇に置いた。

「実は、マックス殿下の様子が近頃おかしいのです」

「えっ」

予想もしていなかった言葉に蹴躓いたように前のめりになった。

「どういうことでしょうか。何か殿下に変わったことでも」

ニコラの沈痛な顔に不安を覚える。

緊迫した日が続いているとはいえ、マックスの様子がおかしいと感じたことはなかった。つがいのニコラにしか分からないことがあるのだろうか。

「勘違いかもしれないですけど、ミランさんにはお伝えしておいた方がいいと思って」

「感謝いたします。どんなことでも構いませんのでお知らせください。殿下に何かあってからでは遅いのです」

礼儀を忘れてニコラに詰め寄ってしまう。

焦りながら、一歩一歩と踏み出すうちに、ありえないほど近くに来ていた。

「では、お耳を」

「はい」

言われるまま、彼女の口元に耳が来るよう背を丸めた。

冷たい風が首筋を吹き抜けたのと、ミランが反射的に体を引いたのは同時だった。

「なっ……」

驚愕し、痛みが走った首筋に手をやったが、ニコラは尚も虚《うつ》ろな瞳で小剣を振り上げミランに向かって来た。

咄嗟に細腕を摑んで後ろに捻り上げると、膝をついたニコラの隣に剣が転がる。

「ニコラ、様……」

何が起こったのか分からない。避けていなければ首に剣を突き立てられていた。

これはなんだ？　なぜニコラが自分を襲う？

「誰か……誰か助けて！」

クラウスを呼ばなければと思った瞬間、ニコラが身震いしながら叫びを上げた。

「ニコラ様、ミラン！」

入って来たクラウスが、息を呑んで硬直した。

「ミラン、お前、何やって」

ミランは動揺したまま首を振った。

「違う……違うのです、団長」

泣き崩れるニコラの腕には手の形に血がついている。ニコラのものではなくミランの血だ。

ミランは慄きながらニコラを手放しクラウスに駆け寄った。

「違うのです、団長！　ニコラ様がっ」

「ミランさんがっ」

ニコラの悲痛な声が部屋中に響いた。

「お礼を言っていたら、ミランさんが、私が殿下を殺そうとしたんじゃないかってお怒りになって……。腕を摑まれて、それで恐ろしくなって、私……」

憤りより驚きから体が震えた。

「嘘だっ。ニコラ様、なぜそのような嘘をっ」

彼女は悪い娘ではないとマックスは言った。

ならばこれはなんだ？　なぜニコラはこんなことをしている？

こんな、まるで自分を貶《おとし》めるような。

「ミラン、待てっ」

ニコラに向かおうとした体をクラウスに羽交い絞めにされ、耳元で囁かれた。

「こらえろ。話ならあとで聞く。何があったか知らんがあまりに分《ぶ》が悪い」

クラウスの言葉に状況を思い知らされ血の気が引いた。

皆の目に映っているのは襲われたニコラと襲ったミランなのだ。

「クラウス、ミラン、なんの騒ぎだ」

騒ぎを聞きつけたのだろう、こちらに歩いて来るレオシュに眩暈がした。その後ろからボリスを引き連れたアロイスまでやって来る。

「ニコラ……ニコラ様じゃないか！」

　ニコラを見たレオシュは血相を変えて部屋に飛び込み、うずくまったままの彼女を支えてミランを睨みつけた。

「ここはミランの部屋だったな。なぜニコラ様がここにいる？　それにこの血……。お前、覚悟はできているんだろうな」

「レオシュ殿下、誤解なのです。なにとぞ私の話をっ」

「ミラン、お前はいつから僕と目を合わせられる身分になった？」

　冷たい一瞥に絶望した。弁解などなんの役にも立たない。

「なんと、自分の近衛騎士に手の平を返されるとは、マックスも難儀なことよ」

　こちらを見下ろし苦笑するアロイスに腸が煮えた。

　もしやこれもアロイスの差し金なのではないか。ニコラはレオシュではなくアロイスと繋がっていたのか。

　そう思うと居ても立ってもいられなかった。ニコラが敵ならマックスの命が危ない。

「クラウス団長！　頼みます、マックス殿下にお知らせください。殿下の命が危ないかもしれないのですっ」

　焦るミランにクラウスが小声で答えた。

「ミラン、落ち着け、知らせならもうやっている。殿下がいらっしゃったら正しく収めてくださるはずだ」

希望の光が見えた直後、願っていた声が背後から聞こえた。

「ミラン」

既に事態を把握しているのか、部屋に入って来たマックスの顔は落ち着いていた。

「殿下っ」

こらえ切れずにクラウスの腕を払ってマックスに駆け寄り、素早く膝をついてミランは声を振り絞った。

「殿下、ニコラ様に関して確認していただきたいことがございます。此度は私の思い過ごしではありません。なにとぞ私の話をお聞きください」

マックスの瞳がミランの首筋に向けられたが、視線はレオシュの声に断ち切られた。

「この期に及んで言い訳か！　兄様、話なら僕がニコラ様から聞きました。よりによってニコラ様を疑うなんて言語道断だ。ミランに然るべき罰を下すのが兄様の……えっ、ニコラ様!?」

振り返ると、レオシュの腕の中でニコラが気を失ったようにぐったりとしている。

その間にマックスはミランから離れ、ニコラに向かって歩き出した。

「でん、か……」

縋《すが》る思いで見ていると、立ち止まった背中から声が放たれる。

「ミランを牢《ろう》へ入れておけ」

一瞬、何を言われたのか分からなかった。

アロイスの笑いが響く。クラウスの声が聞こえるのに言葉が意味を成さない。

「マックス殿下、お願いです、話を……」

膝をついたまま、マックスに伸ばした手は、脇からクラウスに摑み取られた。

「許せ、ミラン。殿下のお考えが俺にも分からん」

クラウスの泣きそうな顔を見ているうちに、もう片手を他の騎士に取られて立たされた。

二人に連れ出されながら振り返ると、マックスが膝をついてニコラを抱き上げている。

「マックス殿下！」

部屋の光が小さくなっていく。

「殿下っ……！」

声が、マックスに届くことなく闇の中に呑み込まれた。

牢を作った者には人間の本能しか残っていなかったのだろう。

暗く狭い地下牢は岩穴そっくりで、収監され、心が打ちのめされるどころか、ミランは却って冷静になった。

「何かお考えがあるんですよね、殿下」

藁《わら》が敷かれた牢の隅で膝を抱え、隣に座る空想のマックスに話しかける。

――そうだ。だからお前を牢に入れた。

「私が殿下を裏切ったのではないと信じてくださいますか？」

苦笑したマックスに、髪を優しく撫ぜられた。

――何年一緒にいると思っている？

真っ暗闇の中、身を小さく丸めながらざらついた石壁を見据える。目が霞んで頭痛がしたが、気を強く持って前を見続けた。

昨晩牢に入れられてから一睡もしていない。食事が二度運ばれて来たが手もつけなかった。

極限の状態に追い込まれると普段は出せない力が出せると聞く。

命の危険に曝され、閃《ひらめ》いたのは、どうして今まで気づかなかったのかということだった。

おそらくニコラは誰かに操られているのだ。

マックスのつがいを怪しむ者は少ない上、ニコラであれば難なく彼に近づける。敵はそこに目をつけニコラに何かしらの術をかけたのだろう。

ニコラ自身に思惑、何か私怨のようなものがあって、マックスを狙ったとは思えなかった。

爆破されたときや毒を盛られたとき、昨夜ミランが襲われたときも、思い起こせば僅かたりとも彼女から殺意を感じなかった。明確な殺意があれば、仮にミランが気づかずとも必ずマックスは気づいたはずだ。

彼女は操られて無意識にマックスを殺そうとした。それに間違いはないだろう。

けれど、そうならばなぜ、敵は今になってニコラにミランを襲わせたのか。邪魔なミランを排除したかったにせよ、そんなことをすれば遅かれ早かれ彼女が傀儡《かいらい》だと露見する。

きつく、奥歯を噛んだ。

考えられることは一つ。敵はニコラを手駒から外したのだ。

ニコラを操っていた者からすれば、ニコラは初めから捨て駒だったのだろう。だから彼女に爆弾の火を点けさせた、毒を入れさせた。彼女が一緒に死ぬのを見越した上で。

(許せない……)

膝を抱えた手が怒りに震えた。操られていたのがマックスのつがいだからではなく、人命を冒瀆《ぼうとく》する非道な行為が許せなかった。

(でも、もしそうならレオシュ殿下がニコラ様を操っていたとは考えにくい)

レオシュのニコラに対する恋慕に嘘はないように思えた。もしあれが嘘ならそれこそ何も信じられなくなる。

レオシュはアロイスの共謀者ではない。

むしろ、人を操る魔術師の面を考えればよほどハロルトの方がしっくりくる。

しかし、もしハロルトにそんな力があるなら、ニコラではなく直接マックスを操り自害に追い込んでいたはずだ。

ハロルトも敵ではない。

（じゃあ誰なんだ）

改めてアロイスの側近たちの顔を思い出してみたが、アロイスを王位につけるためにそこまで卑劣な手を使う者はいないように思う。それ以上、どれだけ考えてもアロイスに加担する敵の姿は見えなかったが、ニコラを切り捨てた今、敵がこれまで以上に過激な方法でマックスの命を狙ってくるのは明らかだ。

（殿下……）

苦しかった。

ミランが考えたような敵の目論見《もくろみ》にマックスが気づかないはずはなく、こちらの言い分を聞かずに投獄したのも何か考えがあるからに違いない。

彼の誠実さは誰よりも知っている。マックスは必ず自分を信じてくれている。

そう思えども、彼の本心が分からない中、一人でいるのはやはり辛かった。

それともマックスもレオシュと同じようにニコラを信じたのだろうか。

自分と過ごした時間を無に帰すほど、運命のつがいとの絆は堅く深いものなのか。

顔を覆っていた前髪を掻き上げ、深く呼吸する。

「いや、悪い方に考えるな。私は殿下を信じている」

自分に言い聞かせるため、はっきりと声に出して言った。

マックスに不信感など抱きでもしたらそれこそ敵の思う壺《つぼ》だ。

ミランを牢に入れろとマックスが言ったとき、嘲るようにアロイスは笑った。

けれど彼は知らないのだ。

自分たちがどれほど大切な時間を分かち合ってきたか。

自分がどれだけマックスを敬し、命を懸けて愛してきたか。

「私は、殿下を」

何があろうと信じている。

心が決まると瞼が重くなった。抗えず脱力し、マックスの肩にもたれかかるように眠りに落ちた。

窓が一つもなく、食事も都度引き下げられるため、寝ている間にどの程度ときが経ったのか分からない。

空腹より喉の渇きがきつい。暗闇は問題なくとも淀《よど》んだ空気に吐き気がする。

他にも囚人はいるだろうに物音一つしないのが不気味だ。逆に外で騒動でも起こっているような気がしてくる。

本当に何日経ったのだろう。一日か、二日か。こうしている間にもしもマックスに何かがあったらどれだけ悔やんでも悔やみ切れない。

(殿下は何を考えていらっしゃるのだろう)

彼の考えが知りたかった。一刻も早くここから出てマックスを護りたい。

なんとか連絡を取れないものかと、ミランは立ち上がって太い鉄格子を両手で摑んだ。

幾ら首を傾げようと見えないが、地下牢の入り口には常に衛兵が二人いる。万が一アロイスの息がかかっていたら危険だが、マックスに伝言を頼むなら彼らしかいない。

「誰か……」

腹を決めて出した声は、しかし突然遮られた。

「何って、友人に会いに来ちゃいけないってないでしょ。ほら、ちゃんとマックス殿下の許可状もあるんだから。これ？　楽器職人が楽器持ってたらいけないんですかね？　そんなに疑うなら体でもなんでも調べたらいいでしょ」

「ラファ！」

しばし言い争う声が続いたのち、入り口の鉄扉が軋む音がした。

「ミラン！」

鉄格子に頰を押しつけ待っていると、片手に蠟燭を、片手に木箱を持ったラファが駆け寄って来る。

「ラファ……よく、よく来てくれた」

鉄格子を挟んで向かい合い、蠟燭を足元に置いたラファに、ミランは感嘆しながら頭を下げた。

「なんだ、大変なことになっちまったな。体は平気か？」

「私は平気だ。それより殿下はご無事か」

ラファは頷きながら横目で入り口を窺い、木箱の中からいきなりヴィオリーナを取り出した。続けて曲げた針金を取り出し、ヴィオリーナの響孔にそっと差し入れる。

「殿下は大丈夫だ。でもクラウス団長がやられた」

ラファの行動の不思議さより、伝えられた言葉に衝撃を受けて声を荒らげた。

「どういうことだっ」

ラファは響孔から細く丸めた紙を器用に掬《すく》い上げながら言った。

「厩舎《きゅうしゃ》に爆弾が投げ込まれた。団長がいつも馬を見に行ってたのを知ってたんだろうな。まともに食らったみたいで……かなり際どい状態らしい。あとは時間の問題だって話だ」

（クラウス……団長っ……！）

鉄格子を握り締めてぎりぎりと歯軋りした。

クラウスの笑顔、泣き顔、ともに戦った横顔。

痛みが言葉にならなかった。

「それに、団長だけじゃなくて、この二日ことごとくマックス殿下の近衛騎士が不意打ちに遭ってる。馬ごと落とし穴に落ちたり家が火事になったりな。冷静なマックス殿下といえどもありゃ爆発寸前て顔してたよ」

教えられた惨状にふたたび胸を衝かれたが、その話で敵の思惑がはっきり読めた。

「そういう、ことか」

敵——アロイスは、マックスを激昂させて彼の方から戦いを仕掛けさせる気だ。マックスから剣を抜けばアロイスは正当な理由でマックスを裁ける。

マックス自身を攻撃したところで彼は理性を失わない。けれど、近衛騎士が次々と襲われたら、あの優しいマックスがどこまで平静でいられるか。

知らぬ間に胸元を掻いていると、ラファが鉄格子の中に取り出した紙を差し入れてくる。

なんだろうと緊張しながら受け取り、ミランは音を立てずに紙を開いた。

『しばらくの辛抱。明日には入り口の衛兵を配下の者に変える。食事は信頼できる者に運ばせる。お前の名誉は守られる』

走る文字を目に入れただけで、体が歓喜に打ち震えた。

「……んか」

差出人の名がなくとも、この字を見間違えるはずがない。

この筆跡はマックスのものだ。やはり彼はこちらを疑っていたわけではなかった。

（マックス殿下、ありがとうございます。あなたを信じていてよかった……）

「ありがとう……ラファ、ありがとう」

手紙を目頭に押さえつけ、溢れそうな涙をこらえながら伝えると、ラファは照れ臭そうに鼻先を掻いた。

「これくらいしかできないけどな」

謙遜する友に首を振り、ミランは親指と人差し指で目頭をくっと押さえた。せっかくラファが来てくれたのだ。涙ぐんでいる暇はない。

「ラファ、知っていたら教えて欲しいんだが、ニコラ様はどうされている？」

ラファは少しばかり訝しそうに眉根を寄せた。

「危険だからってずっと部屋にいるみたいだな。あたしも知り合いに訊いただけだから詳しくは知らないけど」

ひとまず胸を撫で下ろした。ニコラがいつまた術をかけられるか分からない。どんな理由にせよ部屋にいるならマックスの寝首は掻けないはずだ。

そのとき衛兵らしき足音が聞こえてきて、ラファは楽器を木箱に、ミランは手紙を素早く懐にしまった。

「ラファ、もう一つすまないが、なにとぞここから出していただきたいと殿下に伝えてもらえないか。近衛騎士がやられているなら尚更私はここにいるわけにいかない。頼む。どうか、お考えを改めていただきたいと」

手紙からマックスの誠意は伝わったが、なぜミランを牢に入れたのか、いつここから出してもらえるのかは分からなかった。

懇願するミランに、ラファは困惑した顔を見せた。

「『そう言われても断れ』って言われちゃってるんだけど……。ま、でももう一回伝えておくよ」

「頼む」

ミランが言い終えたところでちょうど衛兵が現れた。聞きたいことは山ほどあるが、これ以上引き留めてはラファに難が及ぶ。

ラファを見送ってから、ミランは牢の隅に腰を下ろしてもう一度マックスからの手紙を開いた。

彼は普段から勢いのある字を書くが、この手紙にあるうねりはまるで横殴りの嵐だ。一文字一文字から彼が置かれている厳しい状況、そしてこちらに対する配慮が伝わってくる。

どうかマックスが願いを聞き入れてくれるように。

手紙を強く胸に押し当て、ミランは祈るように目を閉じた。


壁から剝がれ落ちた小石を摑み、石床にまた一本短い線を刻む。

ここに入った二日目にラファが来たとして、今晩で地下牢生活も一週間になろうとしていた。

必要なときにすぐ動けるよう食事と睡眠はとっている。手紙という心の支えもあり、無理なく正気を保つこともできていた。

今すぐ戦うことができる。あとは牢から出るだけだ。

来ない知らせに気は逸ったが、無言がマックスの答えなのだと思いたくなかった。

なんの変化もないまま、また二日。

ラファがふたたびやって来たのは折しも八月初日、ニコラが王城に来てからちょうどひとつきが経った日だった。

「遅くなって悪かった。殿下がお忙しくて中々会えなくてさ」

それきり、ラファはこちらの様子を訊くばかりで本題に入ろうとしなかった。

焦りを抑えながら、ミランは先にもう一つ気になっていたことを尋ねた。

「ラファ、クラウス団長の容態はどうだ？」

なんとか無事でいて欲しい。彼自身のためにも、彼を愛する者のためにも。

祈る思いで待っていると、ラファは一度下唇を噛んでから答えた。

「なんとか生きてるけど、元々体力のあるクラウス団長だからここまで持ちこたえてるってだけだ。よくなることは期待しない方がいい」

抑え切れず拳で鉄格子を殴りつけた。他に何もできない自分が悔しくてならなかった。

一刻も早くここから出なければと思いながら、ミランはラファを窺った。

「それで……殿下には伝えてもらえたのだろうか」

ラファが腕を組んで溜息をつく。今日は木箱なしの手ぶらだ。

「ん……今日やっとミランを出してもらえないかって話したんだけど」

言葉尻から嫌な予感がした。

「『駄目だ』って仰ってた。『いいと言うまでそこにいろ』って」

返事を聞き、いかに自分が楽観的に考えていたのかに気づき、愕然とした。

「それだけ、か？　他に何も……なぜここにいる必要があるのかとか、いつまでとか……」

ラファは気まずそうに唇を曲げた。

「あたしもちょっと訊いてみたんだけど、『出せない』の一点張りで」

出せない？　なぜ？

自分の容疑は晴れているはずだ。それなのにどうしてここにいなければいけない？

「なぜ、だ。どうして」

申し訳なさそうに詫びたラファに、悄然《しょうぜん》として首を振った。

「ラファが悪いわけじゃない。でも私には殿下のお考えが分からない。どうして私だけここにいなければいけないんだ？　外では皆が戦っているのに、どうして……」

思いが口から零れ落ちる。

どれだけ考えても自分がここにいる意味が分からなかった。

外に出たい。ここにいてはマックスを護れない。

どうすればこの思いを分かってもらえるのだろう。

「ラファ」

すぐさま心を決めて、鉄格子を強く握り締めてラファを見つめた。

「本当にすまないが、もう一度だけ頼まれてくれないか。あと三日お待ちすると殿下に伝えてもらいたい。もし三日以内に出られないのであれば、私はここで自害すると」

また同じように頼んだところできっとマックスは意思を曲げない。辛い役目をラファに負わせるのは心苦しかったが、こうする以外にマックスのことを動かす手段が思い浮かばなかった。

「ミラン……」

ラファは目を見開いて絶句していたが、しばらくして掠れた声でミランの名を呼ぶと、突然頭をがりがりと乱暴に掻き毟った。

「この借りだけは忘れないからな。生きて必ず返せよ」

こちらを睨むラファの瞳が赤く血走っている。止めたところで聞かないことをこの友は知っているに違いなかった。

「ありがとう、ラファ。君には本当に感謝している」

「感謝なんかいらねっつの。まったく、どいつもこいつもなんでそんな簡単に命懸けんだ」

別れの挨拶もせず、ラファが憤ったような足音を立てて去って行くと、ミランは静かになった牢獄の中で、ふっと小さな溜息をついた。

出られなかった場合に命を絶つ覚悟は当然できている。死ぬと言えば必ず出してもらえると楽観しているわけではない。

けれど、同じ、だったのだ。

こうして牢にいてマックスを護れないなら、自分にとっては死んでいるのと同じだ。

できることはすべてした。あとは答えを待つだけだ。

これまでより明らかに重苦しい、じりじりと胸を焦がす長い時間が流れた。

地下牢の入り口が開き、足音が近づいて来たのは翌日の夜だった。

「申し訳ございませんっ……まさか直々にいらっしゃるとは……」

匂いで彼だと分かっていたが、マックスの姿を認めるなりミランは崩れるように膝をついた。

出して欲しいと願えども、まさかマックスがここに来るとは思っていなかったのだ。

「立て」

ミランが立ち上がると、マックスは漆黒のマントの中から手を出し、目深に被っていたフードを上げた。

「俺の目を見ろ」

うろたえながら目を上げると、青く光る瞳に容赦なく射抜かれた。

「愚かな真似はするな。俺がいいと言うまで大人しくここにいるんだ」

いつになく厳しい口調に肝が冷えたが、ここで引くわけにいかない。

「なぜでございますか。私の容疑は晴れたものと理解しております。それとも何かここにいなければいけない理由があるのですか」

マックスはぎりぎりまで鉄格子に近づき、おもむろにミランの首元に目をやった。

「傷は治ったようだな」

投獄された理由は教えてもらえないのだろうか。

歯痒かったが、体を案じてもらえたことは素直に嬉しく、ミランは軽く唇を噛みながら頷いた。

幸い傷は小さく、ニコラに襲われた首筋も森でボリスに切られた腕もすっかりよくなっている。

「はい……完治いたしました」

首筋のかさぶたをなぞりながら言うと、マックスは窺うようにミランと目を合わせた。

「ニコラの方からお前に襲い掛かったのだろう？」

口調が確信めいている。彼もニコラに関して何か突き止めたのかもしれない。

いずれにせよ、マックスのつがいに非があるような言動は避けたく、ミランは早々に己の考えを打ち明けた。

「確かにそうですが、殿下、私はニコラ様は何かしらの方法で誰かに操られていたのではと思います。私に向かって来たときニコラ様から殺意は感じませんでしたし、話を蒸し返すようですが、爆弾も毒もニコラ様が操られた上で行ったことだと思えばすべての霧が晴れます」

　マックスは一度嘆息し、深く頷いた。

「やはりそうか。俺も同じことを考えていた。ニコラだが、彼女はお前を襲ったことを覚えていなくてな。話を聞いてみたら他にも記憶がところどころ抜けていた。……ミラン、お前が最初にニコラを疑ったときにもう少し話を聞くべきだった。許せ」

　眉根を寄せて詫びるマックスに、慌てて首を振った。

「滅相もございません。あのときは私も操られているとは思っておりませんでした。それに、殿下がつがいのニコラ様を信じたのは当然の……」

　ことだった、と言おうとしたが、マックスがそれを阻んだ。

「ミラン、ニコラは……」

　マックスが珍しく言い淀んで睫毛を伏せる。

　口を噤《つぐ》んだまま見つめていると、不意に瞳を上げてマックスが言った。

「彼女は俺の……つがいではないかもしれん」

　自分が息を呑み込む音が大きく聞こえる。

　瞠目《どうもく》し、返事もできないミランを落ち着かせるように、マックスは静かに続けた。

「俺は彼女がつがいだと信じていた。だからお前からニコラが怪しいと言われたときも彼女を庇った。

だが、本当に操られているなら、初めから彼女は俺を殺すためにここに送られてきたのではないか？」

愕然として口を押さえた。

ニコラが操られていると確かに思った。

でも、まさか彼女がつがいでないとは。

「ですが、紋が……。殿下もニコラ様から親密な匂いがすると」

「紋は入れ墨だと思う。母上はああいったものを見慣れていないし、俺の紋を知っている者はいないと思っていたのだろう。匂いについてはいずれ話すが、どんな理由にせよニコラをつがいだと認めたのは俺だ。敵の思惑通りになってしまったとしか言えんが、何者かが兄上に手を貸し、俺を殺すためにニコラをつがいに仕立てて王城に入れた、それが真相だと思う」

欺かれたことを認めるのは勇気がいる。特に王子ともなれば騙《だま》された方が間抜けなのだと四方八方から言われかねない。

自己欺瞞《ぎまん》を捨てたマックスの推測には筋が通っている。

それは真実なのだろうと思いつつ、ミランは緊張しながら問いかけた。

「いったい誰がアロイス殿下に手を貸したのでしょうか」

マックスは数度首を振った。

「まだ分からんが、少なくとも入れ墨を入れたのは……俺の紋を知っていた誰かだ」

生誕祝賀会での驚きが嘘でないなら、アロイスはマックスに紋があることすら知らなかった。

マックスの紋を知っている者となると、共謀者は自ずと限られてくる。

「恐れながら、レオシュ殿下とハロルト殿は殿下の紋をご存じでしたか」

彼らが敵の可能性は低いが、念には念を入れておいた方がいい。尋ねると、マックスは意外そうに瞬いた。

「レオシュは知らなかった。ハロルトは紋があるのは知っていたが、形までは知らなかったはずだ。なんだ、二人を疑ったのか？」

「申し訳ございません。殿下の紋を知っている者となると敵は絞られると思ったまでです。レオシュ殿下とハロルト殿が敵でないなら何よりでした」

正直、誰が紋を見たことがあるのかはミランには分からない。

けれど、共謀者は間違いなくマックスが知っている者、それも紋を見せるほどに心を許した者なのだ。

落胆、失望、悲しみ。きっと、どんな言葉も今のマックスの心に追いつかない。

「それにしても、何が目的でこんなことを……」

口惜しさから呟くと、マックスは俄かに眉根を寄せた。

「そうだな。なんのために兄上に手を貸したのかは分からんが、おおかた金子《きんす》でも絡んでいるのだろう。ともかく、ニコラの紋が入れ墨なら俺は最後の手段に出ようと思う。早急に確かめねばならんが、誰に頼むか……」

彼が頭を悩ます理由は容易に知れた。男性のマックスではニコラの背中の紋を確かめられない。

女性で、入れ墨かどうか見分けられて、尚かつこちらを欺く心配がない者に頼む必要がある。

「それなら適役がいます」

頭に一人の姿が浮かんだ。ミランが知る中でそんな人物は一人しかいない。

「ラファなら入れ墨かどうか判別できるでしょう。それに何より我々を欺く心配がありません」

虚を衝かれたような顔をしたのち、マックスは頷いた。

「そうだった。失念していたがラファエラがいたな。確かに彼女なら信用できる」

頷き返しながら腹の底に力を込める。

ニコラの紋が入れ墨ならマックスは最後の手段に出ると言った。敵がそれを黙って見ているはずがない。

戦になるかもしれなかった。

「ミラン」

戦いのことを考えながら、殿下、と口を開きかけたとき、まるで先回りするようにマックスが呼んだ。

鉄格子を摑むミランの手をマックスが握り込んでくる。

こちらを見下ろす彼の目には、深い慈しみが浮かんでいた。

「兄上は必ず俺が取り押さえる。共謀者も必ず見つけ出す。だからお前はここにいろ」

「……！」

マックスに手を包まれたまま、動くわけもない鉄格子を前後に揺すった。

頷けるわけがない。この期に及んでここにいろと言うのか。

「殿下っ、私は本気です！　出していただけないなら私はここで果てます！　あなたを護れないならこの命になんの意味もないっ」

「ミラン、愚かな真似はするなと言ったはずだ！　なんのためにお前をここに入れたと思っている！」

言った瞬間、マックスの方がうろたえたように身を引いたが、ミランもまた激しく目をしばたたかせた。

「どういうことか……仰っている意味が理解できません」

マックスがどんな理由で自分を投獄したのか。

戦いが始まろうとしている、いや、既に他の騎士は前線にあるというのに、なぜ自分だけここにいなければいけないのか。

本当に分からなかっただけに、観念したように返された言葉に、ミランは体を硬直させた。

「今はここが一番安全だと言っている。……ここならお前を護れる」

答えを貰ったはずなのに理解できなかった。

今彼はなんと言ったのか。

「何を……仰っているのですか？　私は騎士です。殿下をお護りするのが私の……」

マックスは苦しそうに顔を歪めた。

「ミラン、分かるか。騎士を……お前を盾にしなければいけない俺の気持ちがお前に分かるか」

体が竦んで声も出ない。

「俺の盾になって騎士が倒れていくだけじゃない。今まで敵の狙いは俺だけだったが、ニコラは俺ではなくお前を狙った。あと少しでも刺しどころが違っていたらお前は死んでいたんだ。俺はそんなお前を見るのはたえられない。少なくともここにいればお前は死なずに済む。俺は……何があってもお前だけは……」

　首が勝手に左右に動いた。

　吐露された本音をどう受け止めればいいのか分からなかった。

「いけ、ません。殿下。どれだけお優しくとも、王子が騎士にそのような……。盾になるのは私だけではありません。他の騎士も……」

「そんなことは分かっている」

　片手で目元を覆ったマックスの指先が細かく震える。

「俺が一番分かっているんだ」

　声は、今にも消え入るようだった。

「マックス……殿下」

　息を呑み、身震いしながらミランは鉄格子を握り締めた。

　マックスの思いが痛いほどに胸の奥まで伝わっていた。

　自分が彼を護りたいと思うように、マックスは今、誰より自分を護ろうとしてくれているのだ。

　幼馴染に対する情愛であっても彼の気持ちは身に沁みた。

　ここで大人しく、素直に頷ける自分であったなら、どれほど彼のことを安心させてあげられたかしれない。

けれど、自分はどうあっても騎士なのだ。

「殿下のご厚情、この上なくありがたく存じます。ですが、どうか頼みます。ここから出してください」

主の身が危険だと知りながら、ここにいる者は騎士ではない。

瞳を合わせ、静かに訴えると、打たれたようにマックスが目を見開いた。

「ミラン……」

「私はあなたの騎士なのです。あなたを護るために騎士になりました。それをさせていただけないなら、どうか、この場で私を殺してください」

眉根を寄せてマックスが瞳を揺らす。

おずおずと手の甲を撫でてくる指は、何かを迷っているようだった。

「お前の忠誠……献身には感謝をしている。しかし……」

マックスの指に指を絡め、光る瞳を見つめた。

もうこの光と離れたくなかった。

いつか必ず果てるのなら、この光の傍で終わりたかった。

「献身ではないのです」

返事がなくとも彼が耳を澄ませているのが感じられる。

なぜ伝える気になったのかは分からない。

一生告げないつもりでいた。胸にこの思いを抱えたまま、いつか一人で冷たい土くれに還《かえ》るのだろうと思っていた。

「私が殿下をお護りしているのは主だからではありません。殿下が思っておられるような忠誠心からではないのです。殿下、私は殿下をずっとお慕いしておりました。主だからでも騎士だからでもなく、私はあなたを愛するがゆえにあなたのことを護っていた。私は騎士の風上にもおけない者です。この思いが不敬だと思われるならどうぞこの場で罰してください。それでも、私は」

クラウスは、死にかけている。

次にそうなるのは自分なのかもしれなかった。

「私は、あなたを、一つの魂として愛している」

マックスが瞬きもせずこちらを見続けている。

何かが彼の瞳の中で、波頭のように揺れ動いた。

「……みよ」

その目元を手で覆って俯き、彼が微かに呟いたのは、神よ、という言葉だっただろうか。

互いに身動ぎもせず、煩悶《はんもん》に塗《まみ》れた時間だけが流れた。

一度深く息をつき、マックスは目元から外した手をマントの中に入れると、小さな音を立てて鍵を取り出し、鉄格子の錠を外した。

「感謝いたします、殿下。どうぞ役目をお申しつけください」

外に出て即座に、マックスの足元に膝をついて彼を見上げる。

マックスの瞳に先ほどまでの迷いはない。彼も覚悟をしたのだ。ミランと同じように。

「俺とともに生きると誓え」

王子の声音で命じたマックスの右手を取り、その温かな甲にミランは唇を押し当てた。

「騎士ミラン・エリシュカの名誉に懸けて、エーデルリヒト公マックス殿下とともに生きることを、ここに誓います」

誓いを終えるとすぐ手を引かれて立たされ、マックスのマントを着せかけられる。

そして、続けて金の髪にフードを被せたマックスは、大きな両手でミランの頬を包み込みながらこう言った。

「頼む、ミラン。お前にしかできないことがある」

重なる視線から信頼が、触れ合ったところから彼の熱が伝わってくる。

彼の決意を無駄にはしない。必ず彼のことを護ってみせる。

マックスの傍に戻れた喜びを噛み締めながら、ミランは力強く頷いた。


四つ足の狼になるのは久しぶりだった。

闇夜に紛れ、低い視界を駆使し、抜け穴を使って最短の道のりで王都を抜けた。

――俺は今王城を動けない。森狼たちのところに行って、周りの森から誰も出すなと伝えてくれ。兄上以外に誰かいるなら、俺はそいつを逃がすわけにはいかない。

命じられてすぐには動けなかった。

森狼の元まで走ることは容易《たやす》いが、彼らにどう伝えればいいのか。俺の言葉と同じくお前の言葉も伝わるだろう。

――お前の言うことは分かるはずだ。彼らはお前を受け入れた。

マックスの言葉を頼りに、できる限り身を隠しながらミランは王城を飛び出した。敵に動きを悟られたくない。数度後ろを振り返ったが、つけられている気配はなかった。

畑を駆けて森に入り、湿った草木を四肢で後ろに強く踏み蹴る。

岩穴への道半ばで周囲に森狼の匂いがしてきた。

一匹、二匹、四匹いる。けれど長の匂いはない。最初に現れるのはいつでも偵察役だ。

狼の群れは長の指示だけで動くので、長に伝えなければ彼らの協力は得られない。

（私だけでも長が現れてくれるかどうか……）

これまで森狼と会うときには必ずマックスが一緒にいた。ミランの言葉が伝わるとしても、現れてくれなければ何も始まらない。

ホーホーと梟《ふくろう》が鳴く森の上には、満月に一週間足りない朧《おぼろ》な月が浮かんでいた。

岩穴の前の開けた草地に到着し、狼姿のまま辺りを見回すと、草の向こうを森狼が取り巻き、ミランの様子を窺っているのが感じられた。

ミランたちのような人狼――人間は、もはや彼らからすれば同胞ではない。

どれだけ人々が神の使いと崇めようと、森に罠を仕掛け、彼らの獲物を無駄に奪い、ときに木々を焼く人間たちは、森狼たちにとって敵と同じだ。

ミランは伏せの姿勢になって耳を後ろに倒した。

それから辛抱強く待ったが、森狼たちは朝が来る前に静かに遠くへ去って行った。

ミランがその場を離れたのは、日が昇ってから沢に下りて渇いた喉を潤したときだけだ。

日中の数刻、陽射しが強すぎるときは岩穴に入ったが、それ以外は同じ場所でひたすら体を伏せ続けた。

昨日よりも多くの森狼たちが集まって来たのは、一晩分膨れた月が木々の間から顔を出した頃だ。

しかし隠れている彼らの中に長の匂いはなく、さすがにミランは落胆した。

月が移ろい夜露が木の葉を濡らしていく。出て来るどころか動こうともしない彼らに次第に焦りが募っていく。

城はどうなっているのだろう。マックスや皆は無事だろうか。

月が昨日と同じ位置に昇り、傾き、落ちていく。それでも森狼が動く気配はない。

口惜しさに似た思いを抱え、今日も駄目かと諦めかけたとき、森の匂いが変わった。

(長だ!)

四肢を立てて匂いの方を凝視していると、堂々としたつがいがゆっくりと草叢《くさむら》から歩み出て来た。

月下に彼らの瞳が光る。マックスと同じ、夜空を翔《か》け抜ける金青の峻烈《しゅんれつ》な雷光。

つがいがミランの眼前で止まった。幸いなことに、彼らから警戒や敵意は感じられない。

緊張したまま、伝言を告げる機会を窺っていると、なにをしにきた、と突然頭の中で声が聞こえた。

慌てて身を伏せ彼らを見上げる。

今、自分は森狼の声を聞いたのだろうか。

動けずにいると、なにをしにきた、と声がまたもや頭に響いた。

「マ……マックス殿下より、王都の周りの森を包囲して欲しいと伝言を預かってきました。殿下の命を狙っている者たちがいます。どうか、その者たちを逃がさないよう頼むと」

本当に森狼と話しているのか定かではなかったが、可能性を信じて一気に言い切り生唾を呑んだ。

これでよかっただろうか。自分の言葉はきちんと彼らに届いただろうか。

ふと、森が呼吸を止めたかのように静まり返った。

わかった。

声が静寂を破った瞬間、寒気を感じてざわりと背中の毛が立った。

声の主は間違いなく森狼だったのだ。

耳ではなく、体の髄に直接染みる、森の冷気のような声。

願いが聞き届けられた歓喜か畏怖か、内臓を撫ぜるような震えをミランが味わっているうちに、現れたときとは打って変わり、つがいは素早く背を向け森の中へと駆けて行った。

迅速な動きに呼応するように、周りにいた森狼たちも、ザザッと疾風の足音を立てて四方に散って行く。

幕切れは驚くほど呆気なかった。

幻めいた残り香の中に置き去りにされ、ひととき放心したのち、ミランははっと我に返って立ち上がった。

頭を下げて前足を伸ばし、尻を高く上げて体をほぐす。

一昼夜寝ていなかったが、不思議と体には力が漲《みなぎ》っており、更なる気分の高揚を感じながら、城に向かって一歩を出した。

夢中で走っていると、次第に白い朝霧が鼻を濡らし始めた。

王都に戻って間もなく、その鼻先が感じたある匂いに、城に直行する予定をミランは変えざるを得なくなった。

週半ばの王都は朝市が立っており、肉や野菜を買い求める人々で賑わっていた。人波を避けて裏通りを走っていたミランは、小路《こみち》からその男の匂いがするなり咄嗟に荷車の蔭に身を隠した。

正確には男の匂いではなく「男が噛む草の匂い」だ。

相変わらず草を噛みながら、ボリスは据わった目をして小路から出て来た。

鼠色《ねずみ》のマントで隠れているためよく分からないが、帯剣はしていないようだ。これから王城で護衛をするようには見えない。少なくとも城で大きな戦いは起こっていないのだろう。

それにしても、と呆れてしまう。

騎士の中にも、王城の宿舎ではなく城下に住んでいる者はいるので、ボリスがここにいようと不思議はないが、アロイスの護衛を請け負っているにしては随分悠長な態度だ。

日雇い傭兵の忠義の程度が知れる。それともそもそも忠義などないのだろうか。

また小路に入るボリスのあとを、ためらうことなくつけて行った。

ボリスがアロイスの共謀者である線は薄い。何かしらの術を使える可能性がなくもないが、彼がマックスの背中の紋を知っていたはずがない。

だが、ただの雇われ傭兵に過ぎなくとも、敵の動きは知っておくに限る。

（少し探るか）

ボリスの異常な強さも気になる。素性を洗えば何か掴めるかもしれない。

ボリスはやはり王城ではなく王都の外へと向かっていた。表通りに出たボリスを物蔭からつけるのは骨が折れたが、匂いで気づかれる心配はなかった。

ボリスが噛んでいる草の匂いは強く、体臭を含めてあらゆる匂いを軽く消してしまう。当然ボリス自身の居場所は把握できるわけだが、彼も自分がつけられることは想定していなかったに違いない。

しかし、角を曲がったその匂いが突如猛烈な速さで離れた。

急ぎ足で追ったものの、急速に小さくなっていく後ろ姿を見て、ミランは鼻頭に皺を寄せた。

（くそっ、馬があったか！）

ミランが目にしたのは、騎乗したボリスが石畳を速足で駆けて行く姿だった。

さすがに追いかける時間はなく、悔しさから牙を剝き出してしまったが、元よりこの姿でできることには限りがある。次は人間の姿でできることをするまでだ。

（それにしてもあの馬……どこかで見たような）

遠目に見ただけなので確証はないが、朝日に輝く栗毛に何か見覚えがある。

考えながら、ふとボリスが向かった先を見て、記憶の扉がたちまち開いた。

あの栗毛馬は修道院にいた馬、父がイグナーツにあげた馬ではないだろうか。

（似ているだけか？　それともまさか盗んだ？）

その可能性は高い。何しろ外道なやつだ。

だが、イグナーツの馬を盗ったのは単なる偶然だろうか。

たまたま目についた馬を盗んだのではなく、アロイスからアンスブラント修道院がマックスとミランの学び舎《や》だと聞き、意図的に無体を働いたのだとしたら。

しばし考えた末、王城に戻る前に父の小城に寄ることにした。

修道院を捨てておけない。せめてイグナーツたちの安否だけでも確かめなければ落ち着かない。

四つ足の狼姿で現れた息子に父母と妹は驚いたが、家族の気安さで快く迎え、空腹を癒やす食事と汚れを洗い流す熱い湯、真新しい騎士服一式を用意してくれた。

ミランは手早く身だしなみを整えると、まず家令にボリスの出自、次にアンスブラント修道院に賊の侵入がなかったかどうかの調査を頼み、そして、何か言いたげにこちらを見ている母と妹に微笑みを向け、休む間もなく上階にある父の書斎の扉を叩いた。

実直な父の性格を反映してか、ミランの実家は男爵の城としてはこざっぱりしている。最低限の調度品で整えられた書斎の長卓で、ミランは父と向き合った。

「父上、実は一つお願いがあって参ったのです」

調査の手配が当初の目的だったが、ここに来る途中にある考えが浮かんでおり、家令が茶を置いて出て行くや、ミランは切実な声で切り出した。

「なんだね？」

父は現役を退《しりぞ》いた騎士らしく、感情を読ませない慇懃《いんぎん》な物腰で応えた。

「父上の騎士を私に預けていただきたいのです。現在、王城ではマックス殿下の近衛が不足しております。一人でも多くの騎士……信用できる騎士で周りを固め、なんとしてでも殿下をお護りせねばなりません。どうか、私に父上のお力をお貸しください」

預ける、貸すといっても、借りた命を返せる保証はない。

ミランは当然、父もそれは重々承知しているだろう。

気が急くあまり、ミランは口をつけられなかったが、父は茶をひとくち含んでゆっくり言った。

「それはできない」

落胆を隠せず睫毛を伏せたが、父の決定に異論はなかった。

人の命はものではない。親子といえどもやむを得ないだろう。

しかし、思いがけず続いた言葉に、ミランは抗えず目頭を熱くした。

「今この城に騎士は一人もいないからね。私の命令で皆マックス殿下の護衛に上がっている。ミラン、私は片足を失《な》くして一線を退いたが、たとえこの身が腐肉となろうと王家の僕《しもべ》だ。君もそうではないのかね？」

目を固く瞑り首を振った。容姿は母に似たが、自分は骨の髄までこの父の子だ。

「いえ……はい、その通りです。無礼なことを言って申し訳ありませんでした」

父は返事をせず、おもむろに立ち上がり、義足を優雅に動かし窓辺に立った。ミランも倣って父の隣に身を寄せる。

両開きの窓からは、雪を被った連山の如き美麗な王城が見渡せた。「あの城が見えるというのに他に装飾が必要だろうか」と、父は三つのミランを抱き上げ窓から何度も城を見せたものだ。

「君が投獄された翌日、一つ名無しの伝令が届いてね」

「え？」

意外な言葉に、父の横顔を見やった。

「『子息ミラン・エリシュカを信じよ』と、ただそれだけ書かれてあった。伝令も差出人の名は言わなかったが、伝令にしては随分立派な青鹿毛に乗っていてね」

隠居した父の一番の楽しみは馬の飼育だ。時折訪れているだけなのに、父は王城にいるすべての馬を把握している。父ならばラズールを見分けられるとマックスは分かっていたのだろう。

マックスの手紙に書かれていた『お前の名誉は護られる』というのはこういうことだったのだ。父に対して、マックスはミランの身の潔白を証明してくれていた。

「知りま……せんでした」

マックスの心配りを。彼がどれだけ自分を思ってくれていたのかを。

父は微かに口元に笑みを浮かべた。

「私は君と殿下が修道院でどのように過ごしたのか知らない。しかし、殿下のような英傑と過ごせたことは君にとって間違いなく僥倖《ぎょうこう》だった。息子よ、修道院でのすべての日々に感謝をなさい。恩師、同志、学び、神の導きに感謝を」

「は、い……感謝いたします」

父の訓示が胸に迫る。声が震えないよう気をつけながら、ミランは伝えるべきことを伝えた。

「そういえば、イグナーツ院長が、馬の御礼を父上にと仰っていました。クラウス団長も……いつか父上と馬談義をしたいそうです。マックス殿下も常に御父上は達者かと訊いてくださいます。ああ、従騎士のヤンですが、来年には予定通り騎士に叙任されると思います。もし私に何かありましたら、そのときはぜひ彼の力添えになっていただきたく……」

風がミランの髪を掬い上げる。

窓の縁を手で握り、ミランは王城をまっすぐ見つめた。

「父上、もし私に何かありましたら、どうぞ……よくやったと喜んでください」

父が王城を見つめて腹の前で腕を重ねる。

それは、まるで小さな子供を抱き上げているような形だった。

「何も心配することはありません」

父の声は透徹としていた。

「どう生きようと、どう死のうと、君は私の誇りです」

昼過ぎ、王城に戻ったミランを待っていたのは、やはりニコラの紋が入れ墨だったという事実だった。

偽の紋を持とうとニコラに咎はない。入れ墨されたことを覚えていないどころか、生まれつき紋があると思い込まされていたニコラの動揺はひどく、神の前で婚約は解消されたものの、マックスはこれまでと変わらず彼女を王城で保護していた。

爆撃を受けたクラウスの容態は悪化の一途を辿《たど》っている。誰がアロイスの共謀者なのかは未《いま》だ摑めておらず、その者の仕業なのかも分からないが、またマックスの近衛騎士を狙って爆弾が仕掛けられ、彼と、そしてたまたま近くにいた侍従が巻き添えとなって命を落とした。

執務室でそれらをマックスから聞いたあと、ミランは苦々しさをこらえて自身の報告をした。

マックスは始終落ち着いていたが、森狼の声を聞いたかもしれないとミランが言ったくだりで、驚いたように瞬きをした。

「森狼の声を？」

「はい。『わかった』と頭の中で声が響きました。森は彼らに任せて大丈夫かと思います」

マックスの瞳が安堵したのが見て取れた。目を合わせているのは許されたからではなく、火急時だからだ。

「そうか……。お前の言葉は伝わるだろうと思っていたが、返事を貰えたなら何よりだった。しかし、不思議だな」

ミランは軽く首を傾げ、続きを待った。

「森狼と会うことも稀なら、言葉を交わせる者はほとんどいないと聞いている。王族でも珍しいというのに、なぜお前は俺と同じように彼らと気持ちが通じるのだろう。やはり、お前は俺の……」

　そこでマックスは言葉を止めた。自分がマックスのなんなのか気になったが、答えてもらえる気がせず、ミランは敢えて尋ねなかった。

　マックスは熟考するように押し黙ったが、ややして、ミランを見上げて口を開いた。

「ミラン、俺は、父に生前退位を願い出ようと思う」

　重々しく告げられた決意に目を瞠った。

「生前退位でございますか？」

　ミランが繰り返すと、マックスは頷いた。

「ああ。俺はニコラとの婚儀が済んだら兄上を捕らえるつもりでいた。だからこれまで我慢してきたが、それがなくなった今、俺は他の方法によってなんとしてでも兄の上に立たねばならん。法を曲げることになるが、そうでもしなければ兄上を止められないだろう」

　そこで言葉を切ったマックスに、ミランは一抹の不安を感じて問いかけた。

「憚りながら、アロイス殿下が首謀者だという証拠は見つかっていないのですよね？　確たる証拠なしに、果たして陛下が聞き入れてくださるでしょうか」

　マックスは少し考えるように顎に手を当てた。

「兄上はこれまでに何度か貴石を落としたと言っていたが、それに似たものが武器商人の手元にあるのが今回分かった。あくまで似ているというだけだし、売り手が誰かは決して商人も言わないだろうがな。だが、兄上を捕らえて叩けば必ず真実は明らかになる。それを説明して父に処罰を頼むこともできるが……父にとっては兄も子供。子を自らの手で裁くか、俺の手に委ねるか、あとは父王次第というところだが」

彼が「最後の手段」と言っていたのも、こんな選択を父王に迫りたくなどなかったからだろう。けれど他に方法がないのはミランにも分かった。このままでは被害が広がるばかりだ。

「それで」

そう言って一息つき、マックスは立ち上がった。

ミランを見つめてきた瞳には、何か抑えたような熱があった。

「これから父上のところに行くのだが……お前に同行してもらいたい」

ミランが不在の間、他の者が護衛に当たっていたので今も三人の騎士が扉の外にいる。にもかかわらず、護衛を求められたことは誇らしくもあったが、顔には出さずに頷いた。

「かしこまりました」

早速扉に向かうマックスの後ろを粛然とついて行く。

「同行」という言葉の意味を本当に理解したのは、王の部屋に着いてからだった。

マックスが次期王となるのを阻むため、偽のつがいを王城に送り込んだばかりでなく、爆弾をはじめとするあらゆる方法で命を狙ってきている者がいる。証拠はないが、それは十中八九アロイスによる指示だと思われ、早急に手を打たなければ遅かれ早かれ王にも累が及ぶだろう。

王命によってアロイスを処罰するか、マックスに王位を譲るかという難題を持ちかけられても、寝台のアルフレート王は眉一つ動かさなかった。

「余は一度もあれを憎んだことはない」

ほどなく、王は天蓋の絹刺繍を見たまま呟いた。

「ただ、王の器でなかったことだけが哀れよ」

誰も何も答えない。枕元で椅子に座していた王妃が王の腕に手をかけただけだった。

「少し時間をくれ。次の安寧日……三日ののちには答えを出そう。要件はそれだけか」

そのときようやく王はマックスと、その後ろに立つミランを見やった。

臥していても高貴な眼光は衰えておらず、ミランはそれから逃れるように目を伏せた。

王と王子の、しかも王位に関する重大な話し合いの場だ。一介の騎士が同座しているのを誰より不思議に思っているのはミラン自身だった。

どうして自分はここにいるのだろう。マックスはいったい何を考えているのか。

王妃の向かいに座していたマックスは、立ち上がって寝台の隣に身を進めた。

「もう一件、王位とは別に相談したいことがございます。まず、ニコラが私のつがいでなかったというのは既にハロルトから報告があったと思いますが、彼女の紋が入れ墨だったというのも聞いていらっしゃいますか？」

「聞いている。お前ともあろうものが匂いで偽と見抜けなんだか」

淡々と尋ねる王に、マックスは落ち着いた声音で答えた。

「言い訳と思っていただいて構いません。しかし私はニコラから特別な匂いを感じていました。親密で、どこか懐かしいとでもいうような……。いわば母上やレオシュからするのと同じ匂いを感じていたのです。母上もそうだったのではありませんか？　入れ墨があったにせよ、むしろその匂いで私の運命のつがいだとご判断された。違いますか？」

　王妃は幾度も頷いた。

「そう、そうなのです。わたくしもニコラから匂いを感じました。ですからこの娘は間違いなく息子のつがいだろうと」

　言葉を発した直後、自身の発言に驚いたように王妃は口元を手で覆った。

「『息子のつがい』……おそらくそれは正しいのでしょう」

　マックスが言葉を繰り返したことで、ミランもようやく得心する。

だから「彼」はあれほどニコラに執着していたのだろうか。兄の婚約者と分かっていても、彼女が彼の運命のつがいだったから。

　ミランの心を代弁するようにマックスが言った。

「ニコラはレオシュのつがいなのでしょう。本人たちにはまだ何も言っておりませんが、確かレオシュにもつがいの預言がありましたね？」

　答えたのはアルフレート王だった。

「あるにはあるが、レオシュの運命のつがいは『印が目に見えない』と言われていてな。印が見えなければ探しようがない。ゆえに半ば諦めておったが……なるほど、もし真にレオシュのつがいならばなんたる導きか」

　王が言い終えるなり、マックスは急に前のめりになった。

「今、『印が見えない』と仰いましたか？」

「いかにも」

　王の即答にマックスの背中がぶるりと震えたように見えた。

　レオシュに関して何か気になることでもあるのだろうか。訝りながらその背中を見守っていたが、ミランは次の言葉に度肝を抜かれた。

「ならば、私のつがいの紋が見えないということもあるのではないでしょうか」

　驚いたのはミランだけではなかったようで、王も返事をしなかったが、マックスは続けた。

「ご相談したかったのも正《まさ》にそのことなのです。ニコラが私のつがいでないのは分かりました。ですが、それなら私の真のつがいはどこにいるのでしょう。あれだけ探して見つからなかったのです。父上、私のつがいの紋は目に見えないところにあるのではないか……私はそう考えました」

「見えないところ、とな」

　独りごちるように返した王に、マックスは頷いた。

「たとえば、心の臓に。体の中に刻まれていては目に見えません。けれどその者は確かに紋を持って生まれたのです。私の魂はきっと最初からそれに気がついていた。私の魂が求める者……その者が私のつがいに違いありません」

　その瞬間、心臓が何かに握られたように激しく打った。

マックスの言葉はその相手、彼の魂が求める者と既に出会っていることを意味していた。

いつそんな相手と出会ったのだろう。知らない。分からない。

「それでは何か？」

騒ぐミランの心に水をかけ、放心させたのは王だった。

「お前はそのミランがお前のつがいだとでも言うつもりか？」

声が妙に遠くで聞こえる。

「その通りです。彼以外に私の相手がいると思えません。たとえ紋が見えなくとも、ミランは私の……ただ一人の運命のつがいだ」

答えているのはマックスだろうか。

俄かに信じることができない。誰が誰のつがいだと？

「母上、母上もミランのことは好いていましたね。どうでしょうか、ミランからニコラと似た匂いを感じませんか」

こちらを向いたマックスと、王妃に見つめられてミランははっとした。

「確かにミランからは親密な匂いを感じます。ですが、初めからあなたの忠実な騎士だと思っていましたから……」

胸が、痛い。まるでここにあると言わんばかりに心臓が暴れている。

けれど何がある？　どう見せる？　取り出すことなどできない。

「エーデルリヒト公よ」

ミランが硬直していると、王が突然マックスを称号で呼んだ。

「『印が見えない』と預言を受けたのはレオシュだ。お前ではない」

ミランが息を呑んだのと同じように、マックスも緊張したのが彼の背中から伝わった。

遠くで鳴いた鳥の声が部屋の中を静かに巡る。

疲れたのか、ひとしきり荒い呼吸をしてから、王は乾いた唇を開いた。

「お前はなにゆえ運命のつがいというものがあると思う」

「なにゆえ？」

マックスの答えを王は待たなかった。

「愛し合うためか？　否。二人で幸せになるためか？　否。その二人でなければ成せない使命があるからだ。誰がいいと選べるものでも逃れられるものでもない。そうであればこそ運命のつがいと呼ばれている」

「民のことを忘れたわけではありません。国を思えばこそ真のつがいは誰かと思ったのです。父上、私が惹かれただけではなく、ミランは森狼の声を聞いています。私と同じように森狼と話せるのが何より私のつがいの証拠……」

滔々《とうとう》と流れるマックスの言葉は、小さな、けれど鋭い声に遮られた。

「ミランが死んでもいいのか」

絶句し、長々と黙したあと、マックスは口を開いた。

「それは……どういう」

「余とアリシアは運命のつがいだ。余も生まれて間もなく『国を導く男児を成す』と預言を受けていた。だが余はアリシアと会うのを待たずにマイラを娶った。なぜか分かるか」

　前王妃の名を出され、戸惑ったようにマックスは首を振った。

　王は恬淡《てんたん》と続けた。

「余が預言などまるで信じていなかったからよ。王子が国を導くのは当然のことだと笑っておった。ゆえに同盟欲しさに隣国の王女のマイラを迎えた。そして、ほどなくアロイスが生まれ、余はそれで満足しておった」

　だが、と王は皺の目立つ瞼をゆっくりと上下させた。

「アリシアは突然余の前に現れた。今でもよく覚えておる。エッシェンバッハ侯が慌ててやって来てな、生まれてから一度も開かなかった娘の目が開いた、陛下の運命のつがいかもしれないと言われても、余は鼻にもひっかけなんだ。しかし、アリシアを目にしたとき、余は運命が何かを知った」

　そこで咳《せ》き込んだ王に王妃が水を飲ませた。寝台は幾人もが寝られる大きさだったが、王は王妃の手が届くところでひっそりと体を横たえていた。

「のう、マックス。運命とは残酷よ」

　王は悼むように目を閉じた。

「もし最初からアリシアの目が開いていたら、余はおそらくマイラを娶らなんだ。しかし、アリシアが現れたからとてあれを除《の》け者にする気はなかった。マイラがかわいくなかったわけではないのだ。だが運命のやつがマイラの存在を許さなんだ。あれが突然病に冒され死んだとき、『淘汰《とうた》されたのだろう』と大司教めは言いおった」

「淘汰？」

　とマックスは訝しそうに繰り返した。

「お前も聞いたことがあるだろう。胎《はら》の中に子がおっても、外に餌がないと分かれば母狼はその子を産まずに己の体に吸収する。母狼に否も応も是も非もない。体がそのようにできておる。いうなればそれが自然の智慧、神の意志と呼ばれるものなのだろう。神が定めた運命のつがいもそれと同じこと。どれだけ抗ったところで徒労に終わる。王だなんだと言ったところで所詮我々はただの人狼、自然という母狼の胎の中で束の間生かされているに過ぎん。神の意にそわぬ者、運命を妨げる者は否応なく淘汰される。マックス、それでも尚、お前はミランをつがいとするか」

　マックスは返事をしなかった。拳が震えるほど握られている。

「マックス、今一度お前に大司教の預言を伝えておく。お前は『対の紋を持つ者とこの国を泰平に導く』のだ。だが、その者が現れるのを待っていては遅いのやもしれん……。この国にとってどうするのが最善なのか、余もよくよく考えるゆえ、お前も頭を冷やすがいい。それでもお前がミランとつがいたいと言うなら止めはせん」

　王がいつ目を開けたのかミランは気づかなかった。いまや光を失くし、虚空に向けられた王の瞳は、彼の声と同じようになんの感情も含んでいない。

「だがお前と対の紋を持つ者は必ず現れる。いずれ必ずだ。それまでミランとつがうのも、そのときになってミランを失い嘆くのも」

王は、ただ事実を述べていた。

「それもお前の運命なのだろう」


王の寝所を出てからマックスは一言も口をきかなかった。

ミランと目を合わせず、荒々しい歩調で部屋に戻り、ともに入ったミランがどれだけ呼びかけても頑《かたく》なに背中を向け続けた。

「殿下」

無言の背中がミランを拒絶している。マックスの態度が冷たければ冷たいほど、ミランは彼の愛情、そして深い苦悩を感じずにはいられなかった。

マックスの告白と王の言葉は嵐と同じだった。

胸を畏れで叩きのめし、頭を混乱させた暴風のあとには、太陽が光輝く無限の青空が広がっていた。

悲しい。なのに、嬉しい。

「殿下」

もう一度、呼んだ。

鉄格子がないだけで、今は牢に入れられたときと同じなのだ。

マックスはミランの命を護ろうとしている。そのために今度は己の心を殺そうとしている。

「忘れてくれ」

ようやく口を開いたマックスは、厳しい声でそう告げた。

涙が出そうになった。

「忘れられるはずがありませんっ」

何を忘れろと言うのか。

魂が求める者と言われたことか。

ただ一人のつがいと言われたことか。

忘れられるはずがない。

「私を運命のつがいだと思ってくださったのは本当ですか」

マックスは気持ちばかり顔をこちらに向けた。

「本当だ」

「ならば、なぜ忘れろなどと仰るのですか」

マックスの呼吸が微かに揺らいだ。

ミランが言葉を重ねようとしたとき、マックスは言った。

「情愛は判断力を鈍らせる。お前のことを運命のつがいだと思ったのも……俺の願望なのかもしれん」

「殿下っ」

「言ったはずだ。俺はお前を失うのはたえられない。俺は、俺の願望でお前の命を危険に曝すわけには……」

これ以上話したところで何も変わらない。

そう思ったときには体をマックスにぶつけていた。

「私はっ……私の命は最初から殿下に捧げております……！」

熱い背中を抱き締めながらミランが声を振り絞ると、マックスは体を硬くしたが、回された手を振り払おうとはしなかった。

「今日まであなたを護れればいいと、あなたの盾になるのが自分の幸せなのだと思ってきました。でも、本心ではいつもいつも夢を見ていました。昔のようにあなたと剣を交わせたらと。あなたが……こちらを向いてくれたらと」

指先に力を込めてマックスの服を握る。高鳴る心臓の音が自分のものなのか彼のものなのか分からなかった。

「死ぬ覚悟はとうにできております」

震える声で、必死に伝えた。

この手を取って欲しかった。繋がりかけた心を離さないで欲しかった。

もしも。

「ですが、いつか淘汰されるなら、一度だけでいいから、私はあなたに愛されて死にたい……」

もしも、彼が自分を愛してくれているのなら。

勢いよく振り向いたマックスの顔には、尽きせぬ痛みと激しい愛とが浮かんでいた。

「何が一度だけだ！　お前を愛さなかったことなど一日たりともない！　出会ったときからずっと……俺はずっとお前のことだけを愛していた。ミラン、お前は知らないだろう。お前が俺を護って倒れるたび俺がどんな思いでいたか。俺がどれだけお前を……この手の中に閉じ込めたかったか」

大きな手で頬を挟まれ噛みつくように口づけられた。

何度も角度を変えて息を吸われたあと、骨が軋むほどに抱き締められた。

「殿下……殿下……マックス……」

打ち明けられた彼の気持ちが激しく心を震わせる。黒髪を掻き抱きながら愛しい名前を呼び続けた。

彼はこんなに自分を思ってくれていたのだ。自分と同じように気持ちを抑えて、ずっと今まで。

「ミラン、約束する。お前のことは必ず俺が護る。誰がなんと言おうと、何が起ころうと、お前は俺のただ一人の運命のつがいだ」

「殿下……」

マックスを護るのは自分の役目だ。

そんな言葉が頭の片隅に浮かんだのに、目尻に優しく口づけられ、何も言えずに口を噤んだ。

固く、きつく、抱き合いながら思う。

今日は自分の人生の安寧日なのだろう。

今だけは鎧を脱いで、ただの男になって彼に体を預けていい。

「ミラン……愛している」

たとえ安らかな時間がいつか必ず終わるとしても、自分は最初からすべてを分かった上で彼の背中に手を伸ばした。

自分の体に紋はない。いつかこの手を離さなければいけないときがくる。

それでも、そのときまでは。

ほんのひととき、今だけでいいから、彼にこうして愛されることを、どうか許して欲しかった。

議事の間の扉は固く閉められている。

扉の外で護衛しながら、ミランは先ほどから耳をそばだて中の様子を窺っていた。

約束の安寧日の朝、重大な王命があるとハロルトより伝えられ、王妃と三人の王子、大臣以下枢要な者たちは、残らず議事の間に集められた。

微かにハロルトの声が聞こえてくるが、中身までは聞き取れない。

けれど、どんな結論にせよ、場は間違いなく荒れるだろうとミランは思った。万が一にも王がアロイスを咎なしとでもしない限り、アロイスが黙って王命を受け入れるはずがない。

ただならぬ気配を感じてか、王命の主旨を知らないはずの王族の近衛も貴族の騎士たちも揃って険しい顔をしている。

ハロルトの声が不意にやんだ。

「なんだそれはっ……！　マックスが王だと!?」

直後、扉を突き抜けてきたアロイスの怒声に緊張したが、すぐさま万感の思いが押し寄せ瞼をくっと閉じ合わせた。

（マックス殿下が、王……）

長い年月ではなかったのに、ようやくここまで来たと思わずにいられない。

アロイスの私欲のせいで何人の命が奪われたことか。だがこれで確実に彼は裁かれる。

しかし、ひととき憂いを忘れて天に祈りを捧げたのも束の間、また聞こえてきた声にミランは忙しなく目を開けた。

「馬鹿を言うな！　大体ニコラは偽者だったんだろう!?　運命のつがいがいなければマックスに王になる資格はないはずだ！」

アロイスの声に続き、今度ははっきりハロルトの声が聞こえた。

「つがいは必ず現れると陛下がご判断されてのことです！　アロイス殿下よ、誰のせいで陛下が生前退位をご決断なされたか今一度考えてみられるがよい！」

ハロルトの言葉はもっともだったが、ミランの向かいに立つアロイスの傭兵たちは面白くなさそうに舌を鳴らした。

金子の支給でも心配しているのだろう。間違ってもアロイスの失脚を嘆いているわけではない。主と強い絆で結ばれているわけではないのだ。

腕一本で戦場を渡る傭兵の中に強者《つわもの》がいるのは認めるが、たとえ最後の一人になっても主を護ろうという気概を持つ者は少ない。寄せ集めの者たちだけで、アロイスは本当にマックスを倒せると思っていたのだろうか。

考えながら一人一人の顔を見ていると、その中にボリスの姿がないのに気づいた。

昨夜遅く届いた家令の調書によれば、どんな記録にもボリスのことは載っておらず、彼の知り合いと呼べる者もいなかったため、出自はおろか、以前何をしていたのかすら探りようがなかったらしい。

唯一分かったのは、アロイスの護衛を始めた頃にふらりと王都に現れ、時折安宿に泊まるようになったということだけ。

また、修道院に賊が押し入った事実もなく、馬も修道士も無事だった。

（やはり私の見間違いだったのか？　だが……）

栗毛馬を思い出しながら、やにわに眉をひそめた。調書を受け取ってから何度も考えたが、答えがすんなり腹に落ちない。

やはりあれは修道院の馬だったのではないか。

もしかしたら意図的に誰かが——イグナーツがボリスに馬を貸したのではないだろうか。

思うなり、ぐっと人知れず息を呑んだ。

（いや、そんなはずない。彼はなんの関係もない）

レオシュのときと同じで疑心暗鬼になっているだけだ。あれほど清廉な人がボリスに手を貸しているはずがない。

でも、と意思に反して記憶が勝手に揺すぶられた。

イグナーツはマックスが修道院にいた頃、清拭などで何度もマックスの紋を見ている。

それでなくとも膨大な知識を持つ人だ。入れ墨くらい容易に入れられるかもしれない。

それに。

「……」

——俺を見たとき、彼から憤りのような匂いを感じた。

憤りの理由はなんだったのだろう。イグナーツがあのとき抱いていた気持ちの中にはマックスへの殺意もあったのだろうか。

胸のざわめきが激しくなっていく。

閃くように、いったい共謀者はなんのためにアロイスに手を貸したのかと思った。

金子目的ではなく、もしも共謀者自身にマックスに対する恨みがあったのだとしたら。

王位とは関係のない、何か別の動機があったのだとしたら、アロイスを捕らえるだけでは暴挙は収まらないのではないか。

ぞっと全身の毛を逆立てた瞬間、ドンと鳴り響いた音を、はじめはアロイスが長卓を叩いた音だと思った。

扉の向こうもこちらも静まり返り、皆が呆《ほう》けたように顔を見合わせる。

すぐさまその顔が驚愕に歪み、目玉が零れるほどひん剝かれた。

「爆破だ！　陛下の寝所の方だぞ！」

方々から上がる憤怒《ふんぬ》の呻きを掻き消し、更にドンと音が鳴った。

ミランは剣に手をかけながら、怪訝そうに眉根を寄せているアロイスの傭兵たちを睨んだ。

もはや誰が敵なのか、その者がどんな目的で人々を襲っているのか分からない。

怒りに胸を焦がしていると、更なる激震が中から響いた。

「俺じゃない！　俺は知らん！　ボリスが……あいつが勝手に……！」

（ボリス……！）

聞こえてきたアロイスの言葉に愕然とした。

やつが勝手に爆弾を仕掛けたということか？　アロイスの指示ではなくボリスが王を狙ったと？

「くそっ……！　これも全部お前のせいだ！　お前が俺を差し置いて王になろうとしたからだ！」

怒号に続き、扉をつんざく獣の咆哮《ほうこう》が中から上がった。

椅子が倒れ、人々が逃げ惑う声に、目にせずとも何が起こっているのか分かる。

「マックス殿下……！」

ミランが叫ぶと同時に扉が開き、剣を抜いたマックスの後ろを巨大な狼が追いかけて来た。

四つ足のアロイスが牙を剝き出しにし、周囲をなぎ倒しながらマックスに襲い掛かっている。

「兄上、正気か！　本気で俺と戦う気か！」

マックスが剣でアロイスを払いながら議事の間から遠ざかって行く。中庭に出るのだろう。このままでは王宮が壊れる。

「続け！　殿下をお護りするんだ！」

ミランの号令で野太い雄叫びが廊下に轟《とどろ》き、騎士がマントを翻しながら一斉に剣を抜いた。

真剣をかざしたのはミランたちだけでなく、傭兵たちもここぞとばかり愉快そうに武器を抜く。

平和がこの世に訪れることなどあるのだろうか。

血に飢えた者はあとを絶たない。食うためでなく、縄張りを護るためでなく、殺したいがために殺す者たちがいる。

剣と剣が正面からぶつかる。無数の火花が散り、騎士が倒され、傭兵が腹に穴を開けてもんどりうつ。

「何をしている！　お前たちも早くマックス兄様の護衛に行け！」

王妃の肩を抱いて出て来たレオシュが己の騎士団を叱責した。

「王城の騎士たちに告ぐ！　王命により、明日の即位式をもってマックス殿下を国王とすることが決まった。心あるものはマックス殿下を全力でお護りせよ！」

（レオシュ殿下！　ハロルト殿！）

次々向かってくる剣を跳ね返し、傭兵たちを踏み越えながらミランはレオシュとハロルトを振り返った。王の安否はハロルトが確認してくれるだろう。これで心置きなくマックスを護れる。

階段を駆け下りるマックスの上をアロイスが飛び越える。大口を開けて待ち構えるアロイスを避け、マックスが手摺りを飛び越え身軽に階下に着地する。

マックスとアロイスを先頭に、騎士たちはなだれを打って中庭へと出て行った。

ミランの頬に返り血が飛ぶ。どこに潜んでいたのかどれだけ切っても敵が減らない。

「どけっ！　邪魔をするなっ！」

どけ、どけ、どいてくれ。

「殺されたくなければどけっ……！」

あとどれだけ切ればいい。死にに来るのだとなぜ分からない。

今ここで生き急がずとも、いずれみんな死んでいくのに。

「アロイス兄さ……アロイス！　マックス兄様から離れろ！」

走り出て来たレオシュが樹《き》の幹を足場に飛び、アロイス目掛けて剣を振りかざした。

「ガキは引っ込んでいろ！」

「レオシュ！」

胴は免れたものの、アロイスの爪に引き裂かれたレオシュの腕から血が迸《ほとばし》った。

「ぐっ……う……！」

地に伏せたレオシュを見てアロイスが爪を舐めると、マックスがアロイスを睨みながら二人の間に立ち塞がる。

「できるのなら兄上を傷つけずに捕らえたかった。それがせめてもの敬意だと……。だがそれが傲慢だったと今分かった。俺はこれから全力で兄上を倒す」

「ぬかせ！　お前が俺に敵《かな》うか！」

マックスはアロイスから視線を離さず、人差し指から指輪を抜いた。

そして、それをレオシュに放り投げた次の一瞬、彼は体を巨大な獣に変化させた。

戦場と化した中庭で、まるでそこだけ時間が止まったように二頭の狼が睨み合う。

決闘の意味を知らないのか、マックスに向かって行く傭兵たちをミランは片端からなぎ倒した。

枝葉の隙間で何かが光ったのは、マックスとアロイスが正面からぶつかったときだ。

「殿下！」

光っていたのは鋭い鏃《やじり》だった。マックスの脇を全力で駆け抜け、ミランは夢中で盾を突き出した。

辛うじて矢は弾かれたものの、更なる矢が今度はミランに向けられる。

「ボリス！　貴様……！」

樹の上から矢を射ていたのはボリスだった。ミランが矢をふたたび退けると、ボリスが芝生に飛び降り剣を抜く。

速く重い打ち合いが続いた。力も技術も五分五分だったが、ここで負けるわけにはいかない。

「さすがに本気を出したお前は強いな」

ミランが打ち込むたびボリスの顔から薄ら笑いが消えていく。

「当たり前だ！　マックス騎士団をなめるな！」

「めんどくせえ……こんなことならとっとと消えてりゃよかった」

そう零しながら後方に飛び退いたボリスに、ミランは改めて身構えたが、あろうことかボリスは突如背中を向けて逃げ始めた。

「逃がすかっ！」

戦場から逃げ出すなんて不名誉の極みだ。その程度の男に勝てない自分が腹立たしい。

幸いにも足はミランの方が速かったようで、振り下ろした剣はボリスの矢筒と上着を裂き、彼を無様に転倒させた。

素早くボリスの背中を踏みつけうなじに剣を当てる。

王を狙った動機が気になったが躊躇《ちゅうちょ》している暇はなかった。

早くやれ。このまま剣を下ろせばそれで終わる。

しかし、そう思うのに、ミランはボリスの背中を見たまま動けなかった。

（なんだこれは？）

上着と鎖帷子《かたびら》の下に、更に何か灰色のものを纏っている。動物の毛皮のようだが、なぜ夏にこんなものを身につけているのか。

もっとよく見えるように、ボリスの首ではなく上着の切れ目を剣先で払った。

毛皮、やはり毛皮だ。銀灰色の。どこかで見たことのある。

そのとき、すべての物音が遠のいた。

繙《ひもと》いた書物の一説だけが無音で脳裏を駆け巡る。

剣を握る手を震わせながら、地に頰をつけるボリスの瞳を凝視した。

これは誰だ？　いったい何が起こっている？　いや、違う、思い違いだ。

そんなことがあるわけない。これが森狼の皮であるはずがない。

これは、自分が殺そうとしているのはボリスで、決して他の誰かではない。

再度ボリスの背中を踏んで剣を振り上げた。迷いを断ち切るように、うなじに勢いよく剣を突き立てようとしたときだった。

「ミラン、やめろ！」

耳に飛び込んできた主の制止に、ボリスを貫く寸でのところで剣を止めた。

ミランが振り向くと、マックスがアロイスを組み敷いたまま更に声を上げる。

「殺すな。お前が殺す必要はない。そいつの目を見て分かっただろう。そいつはっ……！」

アロイスが体を捻ってマックスの手首に嚙みつき、ミランは我が身を裂かれたような痛みに心の中で叫びを上げた。

「さっさと殺せ」

諦めたのか、投げやりに言ったボリスを見下ろすと、ばらばらに散らばっていたものが突然一つの線で繋がった。

摑めなかったボリスの出自。どこかで見たことがある栗毛馬。ただの嗜好ではなく、森狼の皮と、彼自身の匂いを消すための草。

ボリスの瞳を覗くうちに、なぜだかその姿が滲んで見えた。

なぜこんなことをしたのか。何が彼を狂わせたのか。

理解できない。でももうどうでもいい。

彼は自分たちを欺いたのだ。

彼がそんなことをするはずがないと信じていた。

だからこそ、どうしても、彼のことを許せなかった。

震える手で剣を持ち上げ、外さないよう狙いを定める。

「ミラン！」

剣の上下を返して膝をつき、柄《つか》を力いっぱいボリスの右肩に叩きつけた。

「ぐあっ……！」

肩の骨が砕けたはずだ。もう右手は使えないだろう。

「殺さ……ねえのか？　随分甘ちゃんだな」

額に脂汗を浮かべながらも、ボリスは嘲るような笑みをミランに向けた。

「黙れ！　私は命令に従ったまでだ！」

言いながらミランはボリスを立たせて両手を後ろに捻った。今すぐ牢に入れたかったが、ミランにできることはここまでだった。ひとまず木にでも括っておくしかない。

ボリスの背中を押して一歩を出す。だが、すぐに彼の足を折っておかなかったことを後悔した。

「……っ」

ボリスは転がっていた矢を片足で蹴り上げ、その矢を口で受け止め首を勢いよく後ろに捻った。

ボリスの手を離すしかなかった。そうしなければ鏃で顔を裂かれていた。

「だからお前は甘いと言うんだ！　片手で人が殺《や》れないとでも思ったのか！」

素早く距離を取ったボリスに奥歯を噛んだがもう遅い。既に彼の手には懐から出した小さな剣が握られていた。

「そんな小剣で誰がやられるか！」

せめて気丈に言うと、勝ち誇ったようにボリスは言った。

「たかが小剣を最後の手段に残しておくと思うか？　こいつの先を見てみろ。毒がべっとりついててうまそうだろう？　心臓に刺さらなくても少し肌を掠めりゃいい」

盾は置いてしまっていた。剣で払うだけの距離もない。

（これまでかっ……）

戦とはこういうものだ。悔いる時間も逃げる時間もなく命が奪われていく。

ボリスの手から小剣が離れても、目を閉じることしかできなかった。

「マックス兄様っ……！」

しかし、レオシュの叫びが聞こえたとき、何かが体を脇から押した。

「グ……グル……」

倒れたミランの耳元で、獣が低い呻きを上げた。

血の匂いが鼻を満たし、濡れた体毛が手の平に触れる。

「ミラン、無事か」

目を開けると、黒い被毛に体をすっかり覆われていて、ミランは激しく動顛した。

「マ……マックス殿下っ」

こちらを覗き込んできたマックスの息が荒い。慌てて上体を起こすと、ボリスの剣が突き刺さった彼の肩と、力尽きたようにぐったりと横たわるアロイスの姿が目に飛び込んできた。

「殿下、いけません、この剣には毒がっ」

「大丈夫、だ……お前が無事で、よかっ……」

マックスの呼吸が荒さを増し、力のない瞬きが繰り返される。

「とんだ茶番だな。騎士なんか庇ったせいでマックス・クロドヴィルもこれで終わりだ。精々悶《もだ》え苦しんで死ね」

目的は果たしたとばかりに駆け出したボリスに、マックスから抜いた剣を投げたが、それはボリスに届かずただ彼のことを笑わせただけだった。

「お前、よくも兄様をっ」

やはり巨大な狼と化していたレオシュがボリスのあとを追いかける。しかし、あと一歩のところで届かず、ボリスは茂みに隠してあった縄を使い、片手で巧みに塀を飛び越え向こう側へと消えて行った。

「誰かっ、薬師《くすし》を呼べ！」

マックスの頭を掻き抱き、ミランは力の限りに叫んだ。

「殿下、なぜこんな……なぜ私を、騎士を庇ったりなどしたのですかっ！」

虚ろな瞳がミランを見上げた。

「お前は、ただの騎士、ではない。お前は、俺の、運命のつがいだ」

ミランの目から溢れた涙が黒い毛の上を滑り落ちた。

「誰よりも、何よりもつがいを護るのが、狼の男の役目。よかった、やっと、お前を堂々と護れた」

力を失くした頭がミランの胸にもたれかかってくる。

「殿下……マックス殿下っ……！」

間もなく走り戻って来たレオシュがマックスを担いで部屋まで運んだ。

昼過ぎ、それまでの快晴が嘘のように空には暗雲が垂れ込めた。

突如勃発した内紛はマックス側の勝利に終わり、ただ一人ボリスを残し、生き残ったすべての傭兵がマックスに対する反逆罪により捕縛された。

虫の息だがアロイスも生きており、手当ては受けたもののやはり牢に入れられている。

それらすべての采配をしたのはレオシュとハロルトで、彼らは今も王城内を忙しく駆けずり回って

いた。

　王妃もアルフレート王に付き添っている今、ミランは近衛騎士として一人、マックスの寝台の脇に膝をついて彼の熱い手を握り締めていた。

　自在に人と獣の姿を行き来できるとはいえ、それも意識があればこそだ。クヴェラの泉水が運ばれ、体を拭かれたマックスは人の姿に戻ったが、被毛を取り払った体は見るも無残に切り刻まれていた。

「マックス殿下の具合はいかがでしょうか」

　寝所の扉を開けて入って来たのは宮廷薬師のオリヴァーだった。

　山羊《やぎ》めいた老師の顔は、彼自身が病気ででもあるかのように青褪めていた。

「熱が下がりません。息も荒いままですし、顔色も一向によくならない。薬湯は効いているのですよね？」

　オリヴァーは俯き、白い髭の下の唇を小さく動かした。

「小剣に塗られていた毒草の種類が判明しました。ナラガです」

　明かされた名前に怖気《おぞけ》立つ。

　春先から夏場にかけて山に繁茂するナラガの根には猛毒が含まれている。即効性はなく、代わりに少しずつ臓腑《ぞうふ》を蝕《むしば》み、高熱と激痛によって人を死に至らしめる。

「ですが、ナラガには解毒となる薬草がありましたね？　ならばこの熱は傷からのものなのでしょうか」

　もしそうなら傷の回復を待つしかない。時間はかかるだろうが、マックスの体力であれば快癒は望めるはずだ。

希望を胸にマックスの手を握り直したが、オリヴァーは沈鬱に声を震わせた。

「ないのです」

オリヴァーを見上げ、ミランは眉間に皺を寄せた。

「何が、ですか？」

オリヴァーは小枝のような指を目元に当て、ほどなく静かに涙を流した。

「ナラガの解毒ができるのは稀少種ノニーノだけ。スプルースの森にあったノニーノは、先の戦で根こそぎ焼かれてしまいました。この世のどこにも……殿下をお救いできるものは、もうどこにもないのです」

オリヴァーを見たまま声が出ない。

絞められたように喉が詰まり、呼吸ができずに寝台に顔を伏せた。

「……な……そんなのは嘘ですっ。何か代わりとなる草があるはずだ。何か方法が……」

オリヴァーは首を振った。

「ミラン殿、絶滅したのはノニーノだけではないのです。幾度となく繰り返された戦で、カッツェの解毒となる薬草も、万能薬と謳《うた》われたエレアの実も、多くの救いが野山の中から失われました。万策尽きたのです。この先我々にできるのは……ただ神に祈ることのみ」

ミランが何も返さずにいると、アルフレート王のところに行く、とオリヴァーは出て行った。

窓から投げ入れられた爆弾により、王は半身を負傷しやはり重篤な状態にある。しかし、それでも奇跡的な幸運と言わざるを得ないのは、寝台の右半分が原形を留めていなかったからだ。端ではなく真中に寝ていたら、王はその場で死んでいただろう。

「嘘、だ……殿下が、いなくなるはず、ない」

マックスがかぶりを振り、汗で濡れた額に黒髪が張りついた。痛むのか、体の汗を拭うだけで、マックスは目を瞑ったまま苦しそうな呻きを漏らした。

今何が起こっているのだろう。涙が自分のものだと思えない。

なぜ自分は泣いたりしている？　これではまるでマックスと別れるみたいではないか。

「マックス殿下……殿下……」

雨の匂いが近づき、外の闇が濃くなってくる。

昼なのか、宵なのかも定かでない暗がりで、ミランはひたすら汗ばむ手を握り続けた。

「ミ、ラ……ミラン……」

何度目か分からず呼びかけたとき、なんの前触れもなくマックスの唇が動いた。

「殿下っ、お気づきですかっ。私はここにおります！」

両手でマックスの手を包み、身を乗り出して顔を覗くと、マックスは瞼を上げたが、その目に普段の覇気はなかった。

しばしうつろい、ミランを見つけた瞳には、ただ清雅な慈悲だけがある。

「優しいミラン……。お前は、俺のために強くなってくれたのだな」

いつのミランを見ているのか、彼は昔を懐かしむように言った。

「平和な世の中を作れば、お前を解放できると思った。お前のことを……自由にしてやりたかった。だがそれはもうできそうにない。俺はお前をもう離してやれない。頼もしい俺のつがい。お前となら俺は、この国を導ける……」

何度も頷いたせいで涙が零れ、絹の寝具が強かに濡れた。

「そうです、殿下。我々にはやらなければならないことがあります！　ですから……！」

「ミラン……忘れるな」

マックスが柔らかく微笑み、大きな温かい、熱い手の平でミランの頬を撫でる。その指先から力が抜け、赤みを帯びていた頬が突然重たい土気色に変わった。

「俺は、いつでもお前とともにある」

瞼がゆっくりと閉じられ、荒かった呼吸が不自然なほど安らかになった。

「殿、下？」

マックスは答えない。

「目を開けてください、殿下。何を忘れるなと言うのですか？　殿下が一緒にいるのは当然ではありませんか！　わ、私は、運命のつがいとして、殿下とともにこの国をっ……」

突如、遠くで響いた雷の音が、まるで神の怒りの遠吠えに聞こえた。

喉が痙攣して声が出なくなる。己の言葉に戦慄し、涙が怒涛《どとう》のように溢れた。

自分が偽者だからだろうか。

自分が本物のつがいではないから、だから彼は死にかけているのだろうか。

「……ら、われて、くれ」

そうだとしか思えなかった。それ以外にマックスがここで終わる理由がない。

マックスは本物ではなく自分を——偽のつがいを選んだ責を負ったのだ。

「頼、む……」

ならばまだ間に合うはずだった。

預言に従い本物のつがいと会えば、その先には必ずマックスが生きる運命があるはずだった。

「頼む、現れてくれ……！　本物のつがいがいるなら今すぐ現れてくれ！　私は喜んで淘汰されるから、だから……！」

本物のつがいが現れればきっとマックスは助かる。そして彼らは預言の通りに未来を築いていくだろう。

おそらく自分は淘汰される。

だけどそれがなんなのだ？

彼がいないこの世に自分の居場所はない。

だから現れてくれ。

「頼むから彼を助けてくれ……！」

叫びが高い天井でこだまするのと同時に、窓が大きな音を立てて開いた。

それをたすけたいか。

声が直接頭に響いたのは、部屋の中に激しい風が吹き込んだときだった。

目を細めながら窓を見上げて茫然とする。

開けられた窓枠の上で四つ足を立てていたのは、ウィルコドラク神の女神によく似た白く小さな狼だった。

(森狼……違う)

本能から慄き、身を竦ませながら、これは普通の狼ではないとすぐに悟った。

これだけ風が吹いているのに、その白い毛は僅かたりとも動いておらず、まるでそこだけ何かに覆われているかのように凪いでいる。

魔力によるものではない。どれだけ風を動かせても風を止められる者はいない。もしもそんなことが可能ならば、呼吸をする生き物すべてを瞬時に消し去ることができる。

この白狼に働いているのは自然の理に反する力だ。

この狼は理を曲げられる者、そうでなければ理を生み出した者。

これは、この白い狼は、神狼なのか。

風の音と自分の心臓の音が頭の中で鳴り響く。

微動だにできず神狼を見上げていると、また声が聞こえた。

それをたすけるためにいのちをかけるか。

はっとして床に手をつき、白皙《はくせき》に浮かぶ二つの燐光《りんこう》をまっすぐ見つめた。

「か、かけますっ」

ならばついてこい。

ミランの返事を待たず、神狼は背を向け窓の向こうに飛び降りた。

即座に立ち、窓枠に手をかけると、ミランは力強くマックスを振り返った。

「殿下、必ず戻ります。私が殿下をお護りします。ですからそれまでどうかご無事で……！」

足に渾身《こんしん》の力を込めて宙に体を投げ出すと、その瞬間、巨大な満月がミランの頭上で照り輝いた。

雨の匂い。沸騰するように血が滾《たぎ》る。頬を切る風。狼の本能が牙を生やす。山並みの上を走る稲妻。

手足の長さはそのままに、耳と鼻が鋭く尖る。

着地する前に完全に半獣の姿になり、金の被毛をなびかせミランは神狼のあとを追った。

神狼はもはや何も言わず、ミランを振り返ることなく凄《すさ》まじい速さで一直線に駆けて行く。

王都を抜け、川を横切り、向かっている先には聖山クノルフがある。

神狼はまるで風のようだ。ついて行くだけでやっとだ。もっと速く走らなければいけなくて、肩の防具を取り外した。

畑が終わり、幾つかの雑木林を抜けたところで、雨が激しく降り始めた。

服と被毛が水を含んで重くなり、ひりつくほど喉が渇いたが、立ち止まって舌を出している時間はない。

雨脚が更に強まったとき、国境近くの森に辿り着いた。

聖山クノルフを背に、ところどころに崖が聳《そび》える焼けたスプルースの森だ。

神狼に続いてその中に飛び込むと、黒く煤《すす》けたスプルースに新たな命が絡み、蜘蛛《くも》の巣を張り巡らせたような複雑な樹影が行く手を阻んだ。

倒木によろけ、蔦を掻き分けながら、ミランは必死に神狼を追い続けた。

嵐となった風雨が体を殴り、枯木をしならせ、すべてを巻き込み唸りを上げていた。

重く低い叫びが聞こえる。スプルースの亡霊が鳴いている。

森を燃やしたのは誰だ。お前か。お前か。誰が森をこんな姿にした。

なぜ走る。なぜ今になって嘆く。

救いをこの森から消したのは、他の誰でもなくお前自身じゃないか。

雲が月の光を遮り、世界が暗闇に覆われた。

耳を塞ぎひた走っていると、仄白く発光する神狼の姿が、いつしか幼いマックスに変わった。

「……め、だ。行くな……！　マックス！　そっちに行ったら駄目だ！」

真っ暗闇に向かってマックスが走って行く。途轍もない速さで、振り向くことなく、軽やかに踊るように。

誰かが彼の腕を摑んで攫《さら》っていこうとしている。離してくれ。彼をこちらに返してくれ。

やっと見つけた、やっと出会えた。彷徨《さまよ》っていた自分の魂を孤独の中から掬い上げてくれた人。

誰も自分と彼を離すな。もう二度と一つの魂を二つの体に分けてくれるな。

「マックス……！」

私の、ただ一つの救い。

声が嵐に飲み込まれる。

不意に蜘蛛の巣が開けたかと思うと、昏黒《こんこく》の巨大な岩壁が眼前を塞ぎ、その前で神狼が止まってミランを待っていた。

このがけのうえにしんぱんのはながある。

神狼が仰いだ先を、ミランも息を荒らげ見上げた。

どんなやまいもけがもなおる。ただし、しんいにそわないものがつかめばばつがくだる。ゆえに、しんぱんのはなとよばれている。

「審判の……花」

拳を固く握り締めた。

大丈夫だ。神がマックスを見殺しにするはずがない。

「ここを登って花を取ればいいんですね」

返事は聞こえなかったが、神狼は微かに頷いたように見えた。

ほぼ垂直に立つ崖に手をかけ、頂上をぐっと見据えながら、人間でも四つ足の狼でもなく、半人半獣姿でいたことに感謝をした。

なんの道具もなく、人間や狼の姿でこの崖を登るのは無理だっただろう。岩肌が濡れており、摑めるところもあまりないが、爪を突き刺していけばきっと上まで行ける。

「くっ……」

だが、強風に煽られ、少し登ったところで下まで容赦なく落とされた。

気をつけなければ。さすがに頂上付近から落とされたらひとたまりもない。

もう一度手をかけ、今度ははじめから爪を深く食い込ませて登り始めた。急がなければいけない。

マックスの命が懸かっているのだ。

その後も二度崖から落とされた。一度は三合目という位置で。二度目はもうすぐ半分というところで。

何本かの爪が折れ、すべての指先から血が滲んだ。小石と雨粒が絶えず降り注ぎ、目と口をざらざらと刺激してくる。

止まるな、集中しろ。もう時間がない。

大丈夫だ。行ける。

ここが、頂上だ。

「く……うっ……！」

頂上に手をかけ体を持ち上げ、平らな面で四つん這《ば》いになって肩を激しく上下させた。

両手でしっかり地を摑む。やはり頂上にも嵐が吹き荒れており、少しでも油断をすれば吹き飛ばされてしまう。

「花は……」

顔を上げて前方を見ると、そこには隆起のない暗土が広がっていたが、ある一箇所だけはまるで繭玉のように仄かな光を放っていた。円を描いて群生している、あれが審判の花なのだろうが、不思議とそこだけ雨も風も打ちつけていない。

この嵐の中、静かに花を咲かせているあそこも理から外れた場所なのだ。今自分はそこに足を踏み入れようとしている。

立ち上がり、前かがみになりながら、審判の花に向かってゆっくりと足を進めた。

徐々にはっきりと見えてきた花は、細長い葉も、まっすぐ伸びる茎も、杯の形の花弁も、すべてが透き通るような純白をしていた。

体を取り巻いていた風が止まる。

騒擾《そうじょう》の浮き世を抜け、静寂の懐に包まれ、ミランは一番近くにあった花に跪いた。

「どうか……神のご加護を」

両手を組み合わせると、心の中から雑念が消えた。

生も、死も、届かぬ境地に入りながら、ほどいた指を迷うことなく細い茎に滑らせる。

慎重に根元から茎を手折り、しっかりと胸に抱いて天を仰ぐ。

そして、嵐を御し、皓々と耀《かがや》く月の光を浴びた刹那《せつな》。

天から下りた白い稲妻が、まっすぐミランの背中を刺した。

祈る形のまま少しも動けない。

これは罰なのだろうか。

自分は神意にそわなかったのか。

心臓が揺すぶられ、大きな手で心を調べられているような痛みよりも、ここで果てるかもしれないことが苦しく、ミランは涙を溢れさせた。

自分が戻らなければマックスは助からない。涙が頬を滑って花びらの上に降りかかる。

せめてもう少しだけ、この花を王城に届けるまで生かしてくれと願っていると、神の審判が終わったのか、突然閃光は姿を消した。

「あ……」

急に息苦しさを感じ、もがくように嵐の中に戻ると、全身が痛んで背中から焼け焦げるような臭いがした。けれど、止まることなく刻み続けている胸の鼓動に、ミランは身震いしながら感謝をした。

まだ自分は生かされているのだ。手の中には花がある。マックスのことを救える。

立ち上がり、口に花を咥《くわ》えて崖の縁に戻り、登ったときと同じく岩に爪を立てて下り始めた。

しかし、思うように体が動かず、半分も行かずに下まで落下し、幾つかの骨が砕けて意識を失いかけた。

「花、は……」

濡れた大地を頬に感じながら咥えていた花をそっと両手に置くと、茎の一部が傷ついていたが花は無事だった。

立ち上がって周りを見ると、既に神狼の姿はない。

先導する者なく、残りの力のすべてを使い、ミランはマックスに向かって転がるように駆けて行った。

「ミラン様！」

跳ね橋を渡り、王城の正門に入るなり、夜警をしていた衛兵たちが駆け寄って来た。

「ミラン！」

ラファの声が聞こえる。

「ミラン殿！」

ハロルトの声だ。

「マックス……殿下は」

息を切らしてハロルトに尋ねると、彼は沈痛な面持ちで答えた。

「なんとか持ちこたえておられますが、どうにも……。ですが、ミラン殿はどちらにいらっしゃったのですか？　その傷は……」

体中から力が抜ける。

これで大丈夫だ。

もう何も思い残すことはない。

「これを、殿下に。どんな、病も、怪我も治る」

花を差し出しながら伝えた。

膝をつくと、視界が歪み、そこでぷつりと意識が途切れた。

自分を呼ぶ優しい声が聞こえる。

ミラン、いつか二人で平和な国を作ろう。

はい、殿下。

またヴィオリーナを弾いてくれ。

はい、殿下。

ミラン、愛している。俺の、運命のつがい。

「………」

窓から射し込む陽光が眩しい。手を翳そうとしたが、誰かにきつく摑まれていてできなかった。

「ミランっ」

瞬くと、傍らで涙を流しているマックスが見えた。自分は寝台に寝ているのだろうか。

「殿下……？」

マックスが頷き、半獣ではないミランの手を強く握ってくる。

いつか見た光景とまるで同じだった。

三年戦争で矢傷を負い、眠りから覚めたとき、やはりマックスは同じように傍らにいてくれた。

泣いているが、彼の顔色はすこぶるよく、死の床にいるようにはとても見えない。

もしかしたら、あのときからずっと、自分は長い夢を見ていたのではないか。

「ミラン、よかった。目覚めて本当によかった……」

また瞳を濡らしたが、彼は安堵したように微笑んだ。

「殿下は、ご無事で……？」

マックスを助ける花を取った気がする。彼はそれを飲んだのだろうか。

「ああ、無事だ。お前のお蔭だ。お前はどこも痛くないか？」

「はい。でも、私はいったい……」

骨が砕けたはずだ。だけどどこも痛くない。

動揺を察したように頷き、マックスは優しく前髪を掻き上げてくれた。

「ゆっくり話そう。愛しいミラン。まずは一つだけ教えてくれないか。何があったのか。なぜお前の背中に紋が現れているのか」

紋が現れている？　なんの話だろう。

不思議に思って首を傾げると、マックスが頬に、次に唇に口づけてきた。

「俺はお前が運命のつがいだと思っていた。だが父の言葉もまた真だった。俺と同じ紋を持つ者は確かに現れた」

握られた手が揺れてしまう。驚きながら、どこに、と問うと、大きな手が胸の上に乗せられた。

「ここに、ミラン。お前は……俺たちは、天から定められた真の運命のつがいだった」

数日前の嵐が嘘のように、さやかに鳴く小鳥たちの声が礼拝堂の中まで聞こえる。

朝靄《もや》の立つ森の中にいることを思いながら、ミランは心を澄ませて神に感謝の祈りを捧げた。

「慈悲深き偉大なるウィルコドラク神よ。心より感謝いたします」

無論、言葉だけで終わらせるつもりはない。

これから一生を懸けて神に課された使命をまっとうしていく。

この国を泰平へと導いていく。ぎりぎりのところで命を繋いだマックスとともに。

あの日、ミランが摘んだ審判の花はすぐに煎じられ、マックスのみならずミランとクラウスを回復させ、更にはアルフレート王の怪我ばかりでなく、治癒の見込みのなかった長患いをも一瞬で治した。

審判の花は用いられなかったが、アロイスも徐々に回復しており、彼は一年の投獄ののちに、厳格なことで有名な辺境伯の管下の修道院に送られることが決まっている。

アロイスの供述から、最初の爆破や毒薬を盛ったのはやはりニコラだということが判明した。魔術ではなく、ニコラは言葉で人を操る術、いわゆる催眠術をかけられていたらしい。

マックスへの怒りを募らせていたアロイスは、ボリスから「偽のつがい」の計画を持ち掛けられて話に乗った。

偽のつがいの調達も、術をかけるのも、入れ墨を入れるのもこちらでする。うまくいけば誰も捕まることなくマックスを殺せるし、もし入れ墨だとばれたところで女が罪に問われるだけだ。

そう言ったというボリスの正体を驚くべきことにアロイスは知らなかった。蓋を開けてみれば一番の傀儡はアロイスだったということだ。

背後で扉の開く音がし、足音がゆっくりと近づいて来た。

ミランは祈りを終えて立ち上がり、やって来た人物と正面から向き合った。

「てっきりもう逃げていると思っていました。イグナーツ院長。それともボリスと呼んだ方が？」

イグナーツは何事もなかったように穏やかな微笑みを浮かべている。自分で口にしながら、イグナーツ本人を目の前にするとやはりボリスとは思えなかった。

しかし、きっと服を捲れば動かぬ右手が、院のどこかからは森狼の衣が出てくるはずだ。

『魔術師の中には森狼の皮を生きたまま剝いで被り、他の人間に変身して悪行を働いていた者がいる』

写本を読んだときには趣味の悪い虚構だと思った。他の人間に変身するということより、神の使いであり、同族といえる森狼の皮を生きたまま剝いで被るというのが。

「森を森狼に包囲させておいてよく言います。あなたたちの仕業なんでしょう？　まったく、すっかり計画が狂いました。仕方なしに戻ってみればマックスは死んでいないと言うし、本当に、あなたもマックスもあの場で確実に殺しておくのだった」

イグナーツは躊躇なく答えた。微笑み続けているが目は笑っていない。

なぜもっと早く気づかなかったのだろう。肉と皮が変化をしたところで瞳は変わらなかったのに。

「いったいあなたは何者なんだ。どちらのあなたが本物なんだ」

彼との数々の思い出が胸に込み上げる。子供のミランを育んでくれた、第二の尊父と慕った人。

「どちらの私も本物ですよ」

イグナーツは笑みに微かな嘲りを混ぜた。

「人は容易に外見に惑わされる。誰かの一方を見ただけでその者のすべてを知った気になる。外見や、生まれた場所や、地位や、持っている金子で人の価値を判断する。そうではないですか？」

「私はあなたを……イグナーツ院長を尊敬していた！　飾りのない修道服を着て、地位も富も持たなくとも、崇高な教えを説くあなたのことを本当に尊敬していたんだ！　なのにどうしてっ……」

イグナーツは笑いを潜め、冷めた瞳でミランを見据えた。

「私の親が魔術師と知っても同じことが言えますか？」

思いがけない問いに一瞬怯《ひる》んだ。

「あなたは、魔術師の子孫、なのですか」

イグナーツは喉奥で嗤った。どこかで見たことのある嗤い方だった。

「さあ、どうでしょうねえ。ですがもしそうなら私の先祖は王家に殺されたということになりますね」

狼の皮を被って変身し、王家に裁かれ火炙《あぶ》りになった者たち。

彼の体に流れる血脈が殺意の源だったのだろうか。

「先祖を殺されたから……王家に復讐したのですか」

ミランが握った拳を震わせると、「先祖？」とイグナーツは冷たく反復した。

「王家が起こした戦で死んだのは『先祖』ではありません。私の親です」

思わずイグナーツから目を逸らした。お前が殺したと責められているような気がした。

「ご両親のことは……残念に思います。ですがマックス殿下は戦を終わらせた方だ。あなたが恨みに思うのは間違っている」

「何が『戦を終わらせた』ですか」

鋭い声に顔を上げると、イグナーツは冷酷に目を眇めた。

「捕虜を無傷で向こうに返すのが良策だと？　敵国への報復を禁止したことも？　そんな無能な施政

者はいらない」

「っ……殿下は人道的なご判断をされた！」

「人道的？　ではその解放された捕虜に親を殺されてもあなたは同じことが言えますか？」

言い返したかったのに、目を見開くことしかできかった。彼の親が亡くなったのは知っていたが、まさかマックスが解放した捕虜に殺されていたとは。

「そんなことは知らなかったという顔ですね。知らなくて当然でしょう。森の端の平民がどう死のうと、あなた方の耳に入るのは『戦死』という言葉だけです」

「民の死を耳にするたび殿下は胸を痛めておられる……！」

なんとか声を絞り出したが、それは敢えなく一蹴された。

「胸を痛めていたから捕虜が解放されたあとにどう行動するか予測できなかったのですか？　まさか彼らが命を助けられたことに感謝するとでも？　人の恨みはそれほど簡単に消えるものではない。たとえ『国』と『国』が戦をやめようと、『人』と『人』が争いをやめることなど決してないのですよ」

イグナーツの言葉に心が揺れたが、すぐに彼が話術に長けていたことを思い出した。

言葉だけで人を操る恐ろしい術だ。

けれど、退役兵、病者、ニコラのような戦災遺児。

同じ力で彼は幾人もの傷ついた人たちを救ってきたのだ。

「あなたが苦しい思いをしたのは分かります。だからといって、己の恨みを晴らすために無関係の人を巻き込むのは絶対に間違っている」

イグナーツは不思議そうに首を傾げた。

「私がいつ無関係の者を巻き込みました？」

俄かには信じられず、唇をわななかせて反論した。

「マックス殿下ばかりでなく、あなたは彼の騎士や王を狙ったではありませんか！　それに、誰よりもニコラ様を……王家にまったく関係のなかった彼女をあなたは利用して殺そうとした！」

育ての叔母夫婦とともに、ニコラはこの修道院を度々訪れてはイグナーツの教えを聞いていた。心酔していた修道院長に利用された事実はまだニコラには伝えられていない。

イグナーツは数度瞬き、悪びれた様子もなく言った。

「ああ、そうでした。彼女がいましたね。彼女は本当に私の話をよく聞いてくれました。マックスと一緒に死んでくれたらより感謝ができたのですが」

「そんな……そんなひどいことがなぜ言えるのです！　彼女が何をしたと言うのですか！」

「彼女に恨みはありませんが、マックスが彼女を本物のつがいだと信じていましたから」

平然と答えたイグナーツに、唖然《あぜん》として口を開けた。

「自分のせいで彼女が死んでいたらどれだけマックスは苦しんだでしょうね。あなたも気づいていたでしょう？　マックスが大事にしている、愛している者たちだけを私が狙っていたのは」

「マックス殿下を苦しめるために……本当にそのためだけに周りの者たちを襲ったと……？」

首を振りながら言ったミランに、イグナーツは打つように返した。

「他にどんな理由があると？　つがいが現れたらマックスの目の前で殺してやろうと思っていたのに、

結局本物は現れなくてこんな回りくどいやり方になってしまった。私の感じた痛みを少しでも味わわせてやりたかったのですが、それができなくて本当に残念です」

「もうたくさんです！　あなたが言っているのはすべて詭弁だ！　親を戦で亡くしても懸命に生きている人はいる。自分の罪を自分の不運のせいにするな！」

　イグナーツの顔から表情が消え、瞳が硝子のようになった。

「では訊きます。自分が苦しいのはあいつのせいだと、他人を憎んだことがあなたには一度もないのですか？」

「……憎しみは誰の中にもあります。ですが、私はそれで無差別に誰かを傷つけたり、誰かを貶めたりするような真似は決してしない」

　イグナーツは苦笑した。

「精々自分を律し続けることです。人は驚くほど簡単に己自身を裏切る。善人のまま死ねる人間は根が善人なのではない。悪人にならずに済む幸運に恵まれただけです」

　きっと、もう何を言ってもイグナーツには届かない。届かないことが苦しかった。

風が流れる音に栗毛馬の嘶きが混ざり、父の声がふと蘇った。

　――息子よ、修道院でのすべての日々に感謝を。

「あなたが……神の正しい導きによっていつか改心することを願います」

　怒りと悲しみを抑えて伝えると、イグナーツは眉をひそめた。

「私はあなたのように自分が一番正しいと思っている者が心底嫌いです」

「私は自分が正しいと思っているわけじゃない。正しくないと思っているから……正しくありたいと思っているだけだ」

そして、正しさとは何かと常に迷っている。

イグナーツもそういう道を、同じ道を歩いているのだと信じていた。

ミランは目を瞑り、僅かに残っていた感傷を掻き消した。

この男は自分が慕った恩師ではない。

「くだらないお喋《しゃべ》りはこのくらいにしましょう」と、イグナーツの方から切り出した。

「外にいるのはマックス騎士団の皆さんですね。あんなにたくさんで来なくとも、もう逃げたりしませんのに」

イグナーツの言う通り、修道院の外には騎士団が待機している。

用意してきた紐《ひも》で後ろ手に縛り上げ、慎重にイグナーツを外に連れ出した。

「そうそう、森狼に阻まれたときは苦々しく思ったのですが、今はこれでよかったと思っているんですよ」

菩提樹の下で水を飲んでいた栗毛馬に目をやり、イグナーツは唐突に言った。

「……何が言いたいのです？」

門の外にいるクラウスを目の端に入れながら、足を止めずに尋ねた。

「仮に逃げたとして、もしあなたに捕まっていたらあなたは私を殺していたでしょう？」

「当然です」

迷いは悟られなかったと思う。即答したミランに、イグナーツは動じず笑った。

「ですが、マックスだったらどうでしょうか」

胸を衝かれて息を呑んだ。イグナーツを摑む手が怒りで震える。

「あの無駄に情深い若者に私は殺せないでしょう。私は助かりましたが、君主としては腑抜けとしか言えませんね」

「あなたは……あなたという人は……！」

罵倒したいのをこらえて門の外に連れ出すと、朝靄はすっかり晴れており、代わりに苔《こけ》むした匂いが騎士と馬の足元から上がっていた。

「うわっ」

騎士たちが声を上げたのは、イグナーツを馬に乗せようとしたときだった。

藪の中から出て来た銀灰色の風——森狼たちがイグナーツに飛びかかり、手の中から連れ去るのを、ミランは見ていることしかできなかった。

「なっ……なんだこいつらっ……やめろっ」

倒されたイグナーツが全身で抵抗するが、森狼はものともせず修道服の肩と足に嚙みついていく。

そして、まるで車輪のように二列になったかと思うと、森狼たちは易々とイグナーツを咥え上げ、森の奥へと引き摺っていった。

「離せっ……畜生っ……！」

イグナーツの顔が畏怖に歪み、声がどんどん遠くなっていく。

「いいのか？」

クラウスに問われ、ミランはイグナーツと森狼を見ながら頷いた。

最後に残った長のつがいが黙ってこちらを見ている。

「ここには彼らの掟がある」

長の声は聞こえなかったが、瞳を見ただけで彼らの思いが理解できた。

「森の掟に我々は手を出せない。たとえそれに抗おうとしたところで……我々はあまりに無力だ」

イグナーツにどんな審判が下されるのかミランには分からない。

それは人の思惑を超えたところにあるからだ。

けれど、どれだけ人の目を欺こうとも神は知っている。

イグナーツは森狼の皮を剝いで殺した。

そして、イグナーツが仕掛けた爆弾のせいで、多くの命が消えたのだ。

「そうか、森狼が……」

ミランが修道院での顚末《てんまつ》を述べると、椅子に掛けたマックスは物憂く瞼を伏せた。

「よろしかったですか？」

一抹の不安を覚えたが、マックスは頷きを返してくれた。

「当然だ。森は彼らの掟で循環している。彼らでなければ浄化できないものもあるだろう。俺としては……彼らが澱《おり》を清めてくれることを願うだけだ」

彼が目を向けた寝所の窓から夜の涼風が吹き込んでくる。

マックスの懐の深さを感じながら、ミランは尋ねた。

「殿下は修道院に行かれたときからイグナーツがボリスだと気づいておられたのですか？」

思い返してみれば、イグナーツはあのときマックスに疑われたと思ったのではないか。だからこそニコラを切り捨てて、早々に決着をつけるべく自ら攻撃に出たように思う。

ミランに視線を戻し、マックスは首を振った。

「いや、あのときは思ってもいなかった。父上の寝所が爆破されて、兄上が『ボリスの仕業だ』と言ったときに何かがおかしいと思った。分かったのはお前に矢を射るボリスの目を見たときだ。修道院でイグナーツと目を合わせていなかったら気づかなかっただろうがな」

少し恥ずかしくなりミランは俯いた。

「私はボリスともイグナーツとも何度も目を合わせていたのに気づきませんでした」

「それだけ相手が上手だったということだ。気づかれない自信があったからこそ俺とも目を合わせられたんだろう。なんにせよ、まさか不満が俺自身の決断にあるとは思っていなかったが」

イグナーツが罪を犯した動機については報告してある。マックスはそれに関して「そうか」と頷いただけだったが、彼が胸を痛めていないはずがなかった。

「それにしても、実の兄と恩師に、なぜ俺は殺されかけねばならなかったのだろうな」

声をかけようとしたが何も言えなかった。

ミランが口を噤んでいると、マックスは柔らかく微笑んだ。

「そんな顔をするな。俺は何も感傷に浸っているわけではない。ただこれには何か意味があったのかと思っただけだ。それに……他の誰が裏切ろうとお前だけは俺の傍にいてくれるだろう？」

目元が熱くなったが、マックスを見つめたまま強く頷いた。

「当然です」

これだけは言い切れる。これから先何があろうと、もうこの魂が彼から離れることはない。

「他に何か報告はあるか？」

鷹揚《おうよう》に問いかけてくるマックスに、まなじりを引き締め返事をした。

「ございません。以上です。報告が遅くなり申し訳ありませんでした」

もうしばらくすれば日が変わる。修道院から戻ってすぐ報告したかったが、マックスの方が執務に追われていて時間がなかった。

アルフレート王は壮健を取り戻したものの、勅令を撤回することなくマックスに王位を譲ることを明らかにした。日延べされていた即位式は一週間後に行われることになり、それに向けての禊《みそぎ》、騎士への手当、王城の補修と、以前にも増してマックスは忙しくしている。

顔色はいいが疲れてもいるだろう。常であればとうに休んでいる頃だ。

退室しようと礼をしかけたとき、マックスが立ち上がって近づいて来た。

マックスの目を一瞬見たが、長年の癖ですっと視線を落としてしまうと、眼前で止まったマックスに髪を梳《す》かれ、その手で顎を持ち上げられる。

「疲れているか？」

「……いえ」

親指が唇の端を行き来する。触れられたところが軽く痺《しび》れ、熱がじわじわ広がっていく。

「ミラン、お前が無事で、本当によかった……」

おずおずと睫毛を上げてマックスの瞳を覗くなり、強く腰を引き寄せられて抱き締められた。

マックスが身震いしながら首筋を鼻先で擽《くすぐ》ってくる。

「ああ……お前の匂いだ」

「殿、下……」

マックスの背中に手を回すと、大きな手で髪を撫でられ唇を深く重ねられた。

牙が出るところを舌先でなぞられる。舌を優しく、きつく吸われながら、体を後ろに押されていく。

「ミラン……もっとお前がここにいることを感じたい」

寝台に並んで腰を下ろし、マックスが心臓の上に手を置いてくる。

どう答えればいいのか分からず頷くと、おもむろにマックスが寝台の脇に跪いた。

靴を履いた足を取られ、慄いている間に左の靴を脱がされる。

「殿下、お待ちくださいっ……そのようなことは自分で……」

咄嗟に口を押さえて震える爪先を丸めると、左足の甲に口づけながら、マックスがこちらを熱い瞳で見上げてきた。

「俺がしたいのだがな」

「いけませんっ……そのような、汚い……」

「湯浴みをしただろう？」

「しました、が……んっ」

マックスが甲に舌を這わせ、足首からくるぶしを舐めてくる。

「でん、か……あっ……」

内側のくるぶしをきつく吸われたとき、ミランは腰の痺れにたえ切れずに寝台の上に背を落とした。

右の靴も脱がされ全身を寝台に乗せられる。

上に被さってきたマックスが、ふたたび唇を重ねながら上衣の裾から手を差し入れてきた。

「お待ちください、殿下。わ、私が」

マックスの胸に手を置き、慌てて訴えた。

「なんだ？」

「私が、いたしますので……。殿下をご満足させられる自信は、ありませんが……。ですが、寝ていてくだされば、私が」

ミランを見下ろしながら、マックスは口角を甘く上げた。

「お前は随分余裕があるのだな」

「よ、余裕など」

「あるだろう。俺は今すぐお前と一つになりたくてどうにかなりそうなのに、お前はまだまだ理性的だ。それはともかく……お前はもしやまだ純潔のままなのか？」

騎士同士でする与太話とは違う。顔面が火を噴いたように熱くなり、うまく躱すことができなかった。

「私は昔から……心も体も殿下に捧げておりましたから……」

取り繕うこともできず本音を言うと、マックスの瞳が青く濡れた。

両手で頬を包み込まれ、枕が沈むほど唇を塞がれる。同時にマックスの硬い芯を下肢に押し当てられ、ミランは胸を上下させた。

体の脇を撫でながら上衣を脱がされ、うつ伏せにされる。

「っあ……」

裸の腰の窪《くぼ》みに口づけられ、小さな甘い声が零れた。

唇で背骨のおうとつを辿られ、左手で胸のいただきを、右手で脚衣の上から膨らみを包まれ、ミランの腰が左右にうねる。

「美しい紋だ」

不意にそう言い、左の貝殻骨で唇を止めると、マックスはそこに肉厚の熱い舌を這わせた。そして、舌先で紋をなぞりながら、小さな乳首をつまんで紙縒《こよ》り、育ち始めたミランの雄蕊《ゆうずい》を優しく擦る。

「ん……くっ……」

マックスと同じ紋がどう現れたのか、ミランは想像でしか語ることができない。

審判の花に触れたあの瞬間、閃光に体を焼かれたと思ったが、あれはもしかしたら、神の手がミランの心臓から紋を背中に引き上げたのではないか。

真相は誰にも分からないが、マックスのつがいの証は確かにここにある。

「あっ……殿下っ……」

マックスの右手が脚衣を下ろし、ミラン自身に直接触れる。強かに濡れて、根元に絡む金糸ごと扱《しご》き上げられ、肌に細かな粟が立った。

「それもそろそろ終わりにしよう」

マックスはミランを仰向《あおむ》けにし、餌を与える親鳥のように唇を啄《ついば》みながら言った。

「昔は俺のことをなんと呼んでいた？」

昔。マックスと出会ったとき。まだ彼のことを王子と知らず、無邪気に笑い合っていた頃。

たちまち彼と過ごした記憶が呼び起こされ、ミランはあまりの眩しさと愛しさに瞬いた。寝台で分け合った熱。爽やかな森の匂い。もぐらの道。角ぐむ葦。

こくりと喉を上下させてマックスを見上げると、優しい眼差《まなざ》しに包まれた。

「殿下と呼んではいなかっただろう？」

「ですが……んあっ……」

先端を親指で割り開かれ、小刻みに叩かれ声が上がった。

「ん？」

マックスの首に両腕をかけ、思うままに引き寄せた。

「あ、あっ……マック、ス……」

「そうだ」

「マックス……マックスっ！」

嬉しそうな笑みが耳元で舞い、首筋に優しく歯を立てられた。

首から肩に唇を下ろしながら、マックスがミランの左腕を上げる。露わになった窪みを鼻先で擽られ、咄嗟にミランは体を捩った。

「マックス、そんなところは……」

「どんなところだ？」

腕を優しく押さえられたまま腋《わき》を舐められ、逃れようとしたが、もう片手で蜜口を捏《こ》ねられ腰からくたりと力が抜けた。

「汗を、かいて……んっ……」

「いい匂いだ」

窪みをきつく吸い上げたあと、マックスが舌を滑らせ、腰骨を甘噛みしてから足の付け根に唇を寄せてくる。

核心に吐息を感じ、ミランは焦って背中を丸めたが、次の瞬間湿った口腔に自身を吸われて声を上げた。

「や、あっ……殿下！」

舌先で笠裏《かさうら》を舐めると同時に袋を揉《も》みしだかれ、かぶりを振りながらマックスの頭に両手を置いた。

「お許しを……殿下、いけませんっ。殿下がこのような……ひっ……んあ、あっ……！」

「殿下と呼んだな」

尖らせた舌先でマックスが裂け目を抉《えぐ》ってくる。粘膜にたっぷりと唾液を入れられ、腹の奥底がぞわりと痺れた。

唾液を押し戻すように蜜が底から上がってくる。

「離して、ください……。お願いです。も、だめ、も、う……」

「いつでも出せ」

マックスが言い、更に喉奥にミランを飲み込んだ。

限界が近い。もうたえられない。

「だめ、ですっ……。殿下の口を汚すなんて……」

このままでは彼の口の中に放ってしまう。そんなことはさせられなくて、体を起こしてマックスの肩に手をかけたが、突如先端が感じた変化にミランはぴたりと動きを止めた。

「あ……殿下……。何を……」

マックスがうっそりと片眉を上げ、それまでなかった硬質なもので丸みを引っ搔いてくる。

「安心しろ。お前を傷つけることはしない」

そして、一度微笑んだあと、牙で優しく笠のふちを捲り上げた。

「ひっ……んっ……んくっ」

ミランは丸めた体を横たえ、マックスの愛撫《あいぶ》に全身を震わせた。ふたたび深く飲まれて牙で粘膜を刺激され、体が沸騰したようになる。

「あっ……マックスっ……マッ……」

限界を迎え、ミランの体から熱が放たれた瞬間、マックスが二つの果実を片手できゅっと揉みしだいた。

零れた甘露がマックスの唾液と混ざり合う。最後の一滴まで搾《しぼ》るように、マックスが何度も喉を上下させる。

「あ……あ……」

荒い息を吐き出しながら、ミランは枕を引き寄せそこに顔を埋めた。こらえ切れずにマックスの口を汚してしまったことが申し訳なかった。

ミランが果てたあともマックスはミランの茎を離さず、柔らかく牙を立てて先端から少しずつ食《は》んでいった。根元まで辿り着き、そこにマックスがそっと口づけると、また少しばかりミランの先端から薄い汁が零れ落ちる。

「申し訳、ございませ……」

快感が止まらず全身を痙攣させながら言ったミランに、マックスは首を傾げて解せない様子で問いかけた。

「お前は俺に仕置きをされたいのか？」

ミランが慌てて首を振る間に、マックスが上体を起こして膝立ちになる。

「何度言ったら分かる？　お前は俺の運命のつがいだぞ？　つがいに愛されて謝るのはおかしいと思わないか？」

「それは……そう、ですが」

頭ではそうだと、自分がマックスのつがいなのだと分かっているが、気持ちが現実に追いつかない。

長い間この人とこうして触れ合うことを夢見ていた。

でもそれは、夢だと思っていたからできたことであって、現実の彼はあまりにも。

「ですが、あなたは私には高貴すぎる」

マックスはすっと目を細め、ミランを見たまま手早く服を脱いだ。

「では、高貴ではないところを見せてやろう」

「……っ……」

全裸になったマックスが、開いたミランの足の間にゆっくりと腰を入れてきた。

マックスの体は森羅そのものだ。

豊かな命を内包し、そこにある者の息吹を清め、逞しく、瑞々《みずみず》しく、健やかに広がる未来の世界を予感させる。

枕元に置かれてあった小瓶を取り上げ、マックスは手の平にとろりとした液体を垂らすと、精油の匂いを振り撒《ま》きながら、片手をミランの乳首に、片手を締まった蕾《つぼみ》に滑らせた。

そして、乳首を上下に擦りながら、焦《じ》れるほどの丁寧さで、指を蕾に埋めていく。

「ん……んっ」

「痛くないか？」

「問題……ありません」

痛みはないが、彼の指が入っていると思うと息が上がってしまう。

マックスは含み笑いながら指を進め、まるで何かを探すように、天井の幾つかの点を柔らかな力で押し上げた。

「あっ……？　やっ……なんっ……」

指先が一点に触れたとき、突然頭の中で火花が散った。

声を上げたところを優しく擦られ涙が零れた。かぶりを振ったが指は止まらず、いつの間にか二本になっていた指で執拗に捏ねられる。

「ここがいいか？」

「殿下っ……お待ち、くださっ……ひ、ああっ……！」

精油が足され、三本の指で天井を押し上げられたまま、乳首にじゅっと吸いつかれた。尖りを歯で扱かれ、天井で円を描かれた瞬間、下腹の奥深くでふたたび熱い血潮が爆《は》ぜる。

「ひ……あ……」

背中が何度も跳ね上がり、目の前が霞みがかり、いつものように呼吸ができない。

「ミラン……お前のこんな顔が見られるなんてな……」

自分の顔など分からない。だがそれを言うならマックスだって同じだ。

こちらを見下ろす彼の顔は、今にも溶けそうなほどに甘い。

「んっ……」

指が抜かれたあと、脱力した体を優しく抱かれ、落ち着かせるように背中を撫でられた。

「水を飲むか？」

首を横に振る。

「お前に入っても？」

こくりと頷く。

「俺のことが好きか？」

何度も大きく頷く。

言葉で伝えたいのに、幸せすぎて、胸が詰まって、何も言葉が出てこない。

「俺もお前を誰より愛している」

ミランの膝裏を肩に乗せ、マックスが上体を傾けた。そして、右手で雄々しい幹を支えると、彼は己の樹冠を潤む蕾に飲み込ませた。

「ふっ……う……んくっ……」

「大丈夫か？」

「もん、だい、ありま……」

「嘘はつかない方がいいぞ」

大きく張り出した笠がミランの隘路《あいろ》を広げる。先ほど泣かされたところで笠を揺すられ、あられもない声が上がった。

「や、マックス……そこは、や……」

「どうして？」

「気持ち、よすぎて……おかしく、な……」

「俺のかわいいミラン……もっとおかしくなれ」

「やああっ……」

座したマックスの上に寝たまま腰を引き上げられ、敏感なところに樹冠をぴたりと固定された。強く、休みなく天井を突き上げられ、全身が弾かれた弦のように細かく震える。

マックスが両方の指でミランの乳首を爪弾く。

「マックスっ……そんな、一緒にしたらっ」

「したら？」

「んうっ……！」

揺らされ、茂みに打ちつけられていたミランの花芯から新たな蜜が零れる。少しも収まらない絶頂が怖くて、寝具を摑んでずり上がると、腰を持たれて引き戻された。

「んあっ……あ、ああっ……！」

その反動で、最奥を深々と貫かれた。

「ミラン……俺のつがい。俺が今どれだけ幸せだか分かるか」

マックスが息を吐き、唇を合わせて髪を丁寧に撫でてくれる。その手が、瞳があまりに優しくて、またこめかみに涙が零れた。

マックスが自分の中にいる。

生きて、力強く、脈打っている。

「ミラン、すまない。……出る」

不意に、マックスがミランの体の脇に両手をつき、苦しそうに息を詰めた。

すべてを受け止めたくて彼の腰に足を絡め、ミランはねだるように囁いた。

「出してください。私の中に……」

けれど、マックスは憮然と顔をしかめて、何かをこらえるように奥歯を噛んだ。

「それではない。まいったな……お前を苦しくさせたくなかったんだが」

「え……」

「すまない……お前があんまりかわいくて……我慢できん」

マックスの腕に血管が浮いた次の瞬間、体の中の彼が放熱する。狭いところを強い力で押し広げられ、思わず体を強張らせた。

「ん……うっ……！」

埋められたマックスの根元がどんどん膨張する。雄芯の両脇から張り出た二つの隆起が、ミランの柔らかな内壁にきつく嵌まる。

「ミラン、息をしてくれ」

知らなかった。マックス、もしかしたら王族は、人間の姿のときにも狼と同じ亀頭球《きとうきゅう》が出るのか。

「ゆっくり息を……そうだ。力を抜いてくれ。すぐに気持ちよくなる」

抜けそうなぎりぎりのところまで亀頭球を引き、ミランの腕を摑んでマックスが腰を緩く入れてくる。

「ふっ、あっ……んあっ……」

優しく奥を突かれるたびに声が零れる。入り口が広げられて、奥が溶かされて、彼と一つになることしか考えられなくなった。

「ミラン……もっとお前の声を聴かせてくれ」

掠れた声で言いながら、マックスが重く深く腰を突き入れてくる。

最奥を小刻みに打ち抜かれ、わけもわからず広い背中にしがみつくと、激しくミランを揺さぶりながら、マックスが何度も「聴かせてくれ」と繰り返した。

「あ、あっ……マックスっ……」

「もっとだ」

身も心も一つになって溶け合ううちに、ヴィオリーナを聴いているときの彼の柔らかな顔が頭に浮かんでくる。

本当に優しかったのは誰なのだろう。

人を傷つけたくなかったのは。剣を取りたくなかったのは。

繭の中に閉じ込められて、飛びたかったのに飛べなかったのは、本当は。

「マックス……あなたを、愛している」
両手を広げて彼を見ると、俄かにマックスの動きが止まった。
「ミラン、お前は、俺の命そのものだ」
倒れてきた体を優しく受け止めると、彼はふたたびすべての熱情で愛してくれた。
自分の音楽は癒やしとなるだろうか。
殺伐とした日々の中で、少しでもこの人の心を護ることができるだろうか。
そうならいい。そうでありたい。
これからも一生マックスの傍にいる。この人のことを護り続ける。
願わくは、いつかは剣ではなく音楽で。
マックスの額から夜露が滑り落ちる。
ミランの体の深いところで、マックスの愛が迸った。

翌朝、ミランがレオシュやハロルトに疑ったことを謝りたいと言うと、マックスは朝議のあとの時間を割いてくれた。

「ええっ、僕が兄様を暗殺!?」

中庭の木蔭に置かれた円卓には茶の支度がされており、その一席に座ったレオシュは、さも心外だと言わんばかりに肩をいからせた。

「申し訳ございません。過敏になっておりましたので、レオシュ殿下がもしかしたらと」

ミランが素直に頭を下げると、隣でハロルトが呵々《かか》と笑った。

「何、それを言うなら私もレオシュ殿下が怪しいと思っていましたぞ。ニコラ様にあのような目を向けて、あれでは疑ってくれと言っているようなもの」

「……申し訳ございません。私はハロルト殿も疑いました」

「なんと!?」

マックスが破顔し、気安い笑いが中庭に広がる。

だがすぐさま平素の顔に戻ったハロルトに対し、レオシュはいつまでも腕を組んで唇を尖らせていた。

「まあそう怒るな。夜中にニコラに会いに行ったお前にも責任はあるんだぞ」

窘めたマックスに、レオシュは気まずそうに頬を強張らせた。

「それは……ああでもしないと話せなかったから。だって、どう考えても変だったでしょう？　僕はニコラを一目見ておかしくなっちゃったのに、兄様はなんだか平然としてて。だからもしかしたらニコラは僕のつがいなんじゃないかって思って……。だけど、僕のつがいの証は目に見えないから、癖とか性格とか、とにかくなんでもいいから僕たちに共通の印があれば……それが証拠になると思ったんだ」

　マックスは頷き顎を一撫でした。

「つまり、その証拠を探しにニコラに会いに行ったというわけか？　それで何か見つかったのか？」

　レオシュは少しばかり面映ゆそうに瞬いた。

「うん。最近になってようやくだけど。僕は右の耳が聞こえないじゃない？」

「ああ。……ということはまさか」

　驚いたマックスにレオシュは頷いた。

「そうなんだ。ニコラは左耳が聞こえなかったんだ。偶然っていえばそうだし、兄様とミランみたく分かりやすい印じゃないけど、僕たちにはこれがつがいの証だって分かったんだ。兄様、すごいんだよ。ニコラといるとね、本当に今まで聞こえなかった音が聞こえるんだ。ああ、世界にはこんなに綺麗な音が溢れてるんだって、ニコラと出会って僕は初めて気がついたんだ」

　レオシュはそこまで言って、俄かに顔を曇らせた。

「けど、ごめんなさい。兄様、ミラン。謝らなきゃいけないのは僕の方だよね。ミランにもひどいことたくさん言ったし……。でもね、本当のこと言うと、兄様のこと殺すわけなんかないって思ってるのに、ニコラのことになると、僕は正直何をするか分からない」

　ハロルトは顔を歪めて唸ったが、ミランにはレオシュの気持ちがよく分かった。

「それが運命のつがいというものだ」

同じ思いを口にしたマックスを見ていると、レオシュが深い溜息をついた。

「そうなんだよね。なんていうか、自分で自分を抑えられなくなるっていうか……。僕、もし自分が子供だったらニコラを見た瞬間耳と尻尾が出ちゃってた気がするな」

ミランは思わずマックスと顔を見合わせた。二人同時に笑ってしまい、レオシュとハロルトに不思議そうな顔をされた。

「あ、ねえねえ、ところでこの焼き菓子ってミランが焼いたの？　ん？　違うなあ」

レオシュが綺麗に盛られた焼き菓子を一つつまむ。不思議な言葉にミランは瞬きながら答えた。

「確かに私が作ったものではありませんが……何か」

「ああ、うん」

レオシュは無邪気に笑った。

「兄様がね、『毎年誕生日にミランが菓子を焼いてくれるんだ』って嬉しそうに言ってたからさ。これもミランが焼いたのかなあって思ったんだけど、違うよね。ミランの匂いがしないもんね」

片手で目元を隠してマックスが上を向く。

顔に血が昇ってミランは俯いた。

「レオシュ……それは言わないという話だっただろう」

溜息をついたマックスに、レオシュの目が四方に泳いだ。

「え、そうだっけ？　ごめんね兄様。でもさ、なんでミランは正直に言わないんだろうって不思議だったんだよね。騎士が厨房《ちゅうぼう》に入っても僕はいいと思うんだけど。なんで駄目なの？」

誤魔化すように笑いながらレオシュは焼き菓子を口に放った。

「ご存じだったのですね……」

小声でマックスに言うと、彼は洗うように顔を擦った。

「焼き菓子は手で捏ねるだろう」

「……はい」

「だから、作った者の匂いがどうしてもする。俺たちはそういうのが分かるんだ」

俺たち、つまり王族ということだろう。恐ろしいまでの鼻のよさだ。

「とにかく兄様よかったね。ミランと結婚したらこれから幾らでもお菓子焼いてもらえるね」

「……俺は菓子を焼いて欲しくてミランと結婚するわけではないぞ」

呆れたように言ったマックスの傍らで、ハロルトが笑いながら菓子に手を伸ばした。

「そういった楽しみがあるのもいいかもしれませんぞ。未来の王配陛下が作ってくださるならですが」

ハロルトに視線を投げられ、ミランは緊張と責任感に頬を引き締めた。

マックスの戴冠式の翌週には婚約の儀が、二箇月後には結婚式が行われることが決まっている。

それに伴い、ミランも騎士ではなく王配陛下となるが、ミランはこれまでと同様にマックスと行動をともにすることを既に願い出ていた。

帯剣し、愛する人を護りながら二人で国を導いていく。それは長年騎士をしてきたミランだからこそできることだ。

他に護衛はつけるぞ、というマックスの要求は呑んだけれども。

「それにしても、どうしてミランの紋は生まれたときからなかったのかな」

菓子を食べ終えたレオシュが、両手で頬杖をついて空を見やる。緊張感のない姿勢なのに、上品さが損なわれないのはさすがとしか言えない。

「想像でしかないが」

マックスが答えた。

「もしミランの紋が最初からあったら、俺はすぐにミランを王城に連れて来ていたと思う。そうすれば俺の預言は早々に明るみにされて、俺もミランも危険な目に遭っていたのではないか」

「それって、アロイスが子供の兄様たちに危害を加えていたかもしれないってこと？　それを避けるために紋が隠れていた？」

「としか考えられない。なんにせよミランの紋が現れたのは審判の花を取ったときだろう。取ったから紋が現れたのか、紋が現れるためにあそこに行く必要があったのか分からんが、ミランがあそこに行かなければ俺も父上も死んでいた。大変なことの意味があとになって分かることもある。神は偉大なり、だ」

レオシュは嬉しそうに頬をほころばせた。

「僕ね、自分はきっと運命のつがいに会えないんだろうなって諦めてたんだ。でも僕はきっと運命のつがいの印を自分で探さなくちゃいけなかったんだろうね」

「そうなのだろうな。運命というのはそれぞれに課された試練なのかもしれん。そういえばお前が受けていた預言はなんだったんだ？」

マックスが問うと、レオシュはまた茶菓子をつまんで囓《かじ》りついた。

「ええと、『国の掟を変える女児を成す』だったかな。国の掟って言っても、僕は三男だからそんなに大きなことじゃないと思うけど」

マックスはしばらく黙し、おもむろにハロルトに目配せした。

「いや、そうでもないかもしれんぞ」

ハロルトも得心したように頷いている。

「いやはや、ならば私もそれを見るまで長生きしなければなりませんな」

「え？　何？　どういうこと？」

目を瞠ったレオシュに、マックスはすこぶる楽しそうに微笑んだ。

「もしかすると、リヒタルフ最初の女王が誕生するかもしれんということだ。レオシュよ、ニコラをくれぐれも大事にしてやってくれ。ところで彼女はどうしている？」

レオシュは口から茶菓子の欠片を落としたが、はっとしたように口元を拭った。

「どうって……兄様も知ってるでしょ？」

そのとき、回廊を走って来る賑やかな足音が聞こえた。

「ちょっと、レオシュはどこ行っちゃったわけ？　この時間は作法を教えてくれるって話じゃなかった？　まったく、王族っていうのは皆こんなにのんびりしてるのかしらね……。あっ、レオシュ見つけた！　ってあらまあ皆さんお揃いで。おーほほほ。ご機嫌あそばせ」

やって来たニコラに肩を叩かれ、レオシュがあたふたと立ち上がる。

「じゃっ、僕はこれでっ。ちょっと待ってニコラ、そんなに急がなくても……」

「レオシュが遅いの！」

どうやら催眠の効きをよくするため、ニコラには登城前から何かしらの薬が盛られていたようだ。

ボリス――イグナーツがいなくなったことにより、数日前からニコラは目に見えて覚醒し始めた。つまり、今のニコラが本当の彼女ということだ。

「女王というのはさておき、二人の子供だったら随分やんちゃに育ちそうだ」

「本当に」

視線を合わせて微笑みを交わす。

瞳に朝日を映しながら、マックスは力強く言った。

「ニコラのような逞しい者たちを俺たちは率いていかねばならん」

「――はい」

自然と暮らし、大地に根ざして生きる人々は逞しい。

逞しいからこそ、ときに生きるために倒し、倒され、激しく嚙み合い傷つけ合う。

けれど彼らは愛することも多いだろう。助け、助けられ、混沌《こんとん》の世界を生き抜くために、互いにその手を差し伸べ合うこともあるだろう。

自分たちができることは彼らの牙を抜くことではない。

持てる牙をいかに使うか、持てる力をいかに使わないかを教えることだ。

そのためには己が手本になるしかない。

迷い、逃げ、戸惑い、泣き、それでも己と戦う姿を一日一日見せていく。

決して楽な人生ではない。

苛酷な運命だと思う者もいるだろう。

けれど、自分はこの道を選び、この手でこの運命を摑み取った。

「責任は重いぞ」

「はい」

マックスが立ち上がり、朝日に向かって顔を上げる。

「さあ、ミラン、俺たちも行こう。民が待っている」

「はいっ」

背後でハロルトが愉しそうに笑った。

「これはこれは、なんと勇ましい両輪よ」

彼の瞳に映っているのは民を乗せて走る車輪だろうか。

風にのって工房の方から軽やかな弦楽が聞こえてくる。

人と森を繋ぐ音だ。

今日も自分たちは前へと進む。

またこれから幾つも山を登って行く。

彼らが奏でるこの音楽を、いつか世界中に響かせるために。

あとがき

はじめまして、こんにちは。戸《と》田《だ》環《たま》紀《き》です。拙著をお手に取ってくださりありがとうございます。

犬が好きです。狼も好きです。いつもは思い入れはあっても「キャラに恋する」ということはないのですが、今回ばかりは感情が止められませんでした。狼に変わる人たち……愛おしい。そして狼に変わる女性なら絶対格好いいはず、と思って女性たちはああいう書き方になりました。皆さんにも気に入っていただけていたらいいのですが。

ところでカバーコメントにも書きましたが、ブラジルに住んでいます。もうだいぶ前になりますが、こちらに来た当初少し養蚕を手伝っていまして、そのときに初めて蚕が眠る姿を見て、いつか小説に書きたいと思っていたのでした。今回それが叶って嬉しいです。

また、現在日本からこちらへの郵便は止まっているのですが、こちらから日本行きの郵便は動いているというのを最近知りました。これまでいただいたお手紙は画像で拝見していますので、これから順々にお返事をお送りしますね。理想の二人を描いてくださった円《まる》之《の》屋《や》穂《ほ》積《づみ》先生、編集M様、関係者の皆様、読者の皆様、本当にありがとうございました。

二〇二一年十二月

戸田環紀

この本を読んでの
ご意見・ご感想を
お寄せ下さい。

〒151-0051
東京都渋谷区千駄ヶ谷4-9-7
(株)幻冬舎コミックス　リンクス編集部
「戸《と》田《だ》環《たま》紀《き》先生」係／「円《まる》之《の》屋《や》穂《ほ》積《づみ》先生」係

リンクス ロマンス

森羅～救いの狼王と祈りの騎士～

2021年12月31日　第1刷発行

著者……………戸《と》田《だ》環《たま》紀《き》
発行人…………石原正康
発行元…………株式会社　幻冬舎コミックス
〒151-0051　東京都渋谷区千駄ヶ谷4-9-7
TEL 03-5411-6431（編集）
発売元…………株式会社　幻冬舎
〒151-0051　東京都渋谷区千駄ヶ谷4-9-7
TEL 03-5411-6222（営業）
振替00120-8-767643
印刷・製本所…株式会社　光邦
検印廃止

ISBN978-4-344-84968-6 C0293
Printed in Japan

幻冬舎コミックスホームページ　https://www.gentosha-comics.net